W0277914

Wer fragt, will Geschichten hören. Wer antwortet, erzählt. So können Gespräche, selbst *Interviews*, zu einer Quelle und Spielform des Erzählens werden. Natürlich sprudeln aus solchen Quellen manchmal Fragen, die sich der Befragte nie oder ganz anders stellen würde. Dann wird das Spiel zum Verhör, in dem sich wiederum nur ein Erzähler vor der Neugier retten kann.

In den *Geständnissen eines Touristen* hat Christoph Ransmayr Materialien zu Gesprächen, die im Verlauf von Jahren und im Interesse von Journalen wie *Der Spiegel, Neue Zürcher Zeitung, Washington Post, New York-* und *London Times, Corriere della Sera* oder *Le Monde* geführt wurden, in ein fiktives Verhör verwandelt, in dem nach Politik und Abenteuer, Literatur, Geschichte, Kritik, auch dem Verschwinden gefragt wird. Und stets antwortet ein Autor, der von sich und den Dingen der Welt nicht als Schriftsteller oder Dichter sprechen will, sondern lieber als Durchreisender, ja als gelassener, lachender, zorniger – oder ratloser Tourist.

Christoph Ransmayr

Geständnisse eines Touristen

Ein Verhör

S. Fischer

»Ich habe die friedlichste Gesinnung.
Meine Wünsche sind: eine bescheidene Hütte,
ein Strohdach, aber ein großes Bett, gutes Essen,
Milch und Butter, sehr frisch, vor dem Fenster
Blumen, vor der Tür einige schöne Bäume, und
wenn der liebe Gott mich ganz glücklich machen
will, läßt er mich die Freude erleben, daß an
diesen Bäumen etwa sechs bis sieben meiner
Feinde aufgehängt werden.«

Heinrich Heine, *Gedanken und Einfälle*

Umschlagmotiv:
Das Barometer der Theresia Dopf, geborene Moshammer.
Fotografiert von Christoph Ransmayr

2. Auflage April 2004
© S. Fischer Verlag GmbH, Frankfurt am Main 2004
Druck und Bindung: Clausen & Bosse, Leck
Printed in Germany
ISBN 3-10-062927-2

Wie? Ob ich schwerhörig bin? Ja, manchmal. Nein: zu oft. Dann quält mich ein Klingen im Kopf, selbst wenn es um mich herum still ist, vollkommen still. Manchmal wird dieses Klingen lauter, über Tage hinweg lauter, so laut, daß es schließlich Maschinenlärm, Stadtgeräusche durchdringen kann, erst recht Blätterrauschen, Stimmen, Musik, Wind, selbst die Brandung, die mich in stilleren Zeiten besänftigt. Dann wird dieser verfluchte Ton furchtbar. Droht, mich wahnsinnig zu machen. Nicht hinhören. Nur nicht hinhören! Aufhören! Hör endlich auf!

Manchmal ist es wie singendes Glas, im rechten Ohr stärker – schwächer, aber ebenso unüberhörbar, im linken. Wie? Ja, ich weiß: *Tinnitus*, sagen die Mediziner. Ich kenne auch die lang und länger werdende Liste wirkungsloser Heilmethoden. Tinnitus, eine der sogenannten Volkskrankheiten, in hochindustrialisierten Gesellschaften besonders verbreitet, aber harmlos – ausgenommen für einige Befallene, die dieses unaufhörliche Singen und eine damit wie verschweißte, ebenso verzehrende wie vergebliche Sehnsucht nach Stille zum Selbstmord treibt. Richtig, Sie sagen es: Harmlos wie das Leben, das solche Gesänge erzeugt.

Seit wann? Neuseeland, glaube ich. Jedenfalls erinnere ich mich gut an diesen schneereichen August auf der Südinsel Neuseelands, an einen stundenlangen Weg über die Flanken des Mount Cook, dessen Gletscherzungen bis in die Baumfarnwälder an der Küste hinabfließen. Eis! Haushohe Eiswände inmitten dichtesten Grüns. Der durch Buschwerk und Baumkronen schimmernde Eisblink erschien mir damals wie der Glanz einer aus dem Urwald auftauchenden gläsernen Stadt. Ein Maori führte mich durchs Dickicht, über Geröllhalden und dann durch ein schwarzes Felsportal steil in die Tiefe, hinab in eine dieser Wurmhöhlen, die in den Gebirgen Neuseelands aufklaffen, Touristenattraktionen, gewiß, manche aber so entlegen und schwer zugänglich wie je.

In der Finsternis dieser Höhlen lebt eine Fliegenart, deren Larven neun Monate lang als phosphoreszierende, leuchtende Würmchen an Felsdecken und Wänden auf ihre Verwandlung und Befreiung zur Flugfähigkeit warten und dabei mit unsichtbaren Angelschnüren, klebrigen Gespinsten, Beute aus der Nacht fischen – glasige Käferchen, winzige Mücken, die von der Zugluft in die Tiefe geweht werden. Dieses trügerische Leuchten, das Opfer verführen, anlocken soll – Millionen und Abermillionen schimmernder Lichtpunkte in der Finsternis –, läßt tief im Inneren des Gebirges ein Abbild des Himmels entstehen und verzaubert schwarze Höhlenschächte in ein scheinbar grenzenloses, von Sternhaufen, Spiralnebeln und sich kreuzenden Milchstraßen durchschossenes All. Aber die Fliege, die aus diesem Leuchten und nach neun Monaten aus ihrer Larvenhülle kriecht, entschwirrt in den Hungertod: Sie kommt ohne Verdauungs- und ohne Freßorgane zur Welt, ein blindes, mundloses Wesen, das gerade noch genug Kraft hat, um sich in tiefster Finsternis fortzupflanzen und so den Weiterbestand dieses unterirdischen Firmaments zu sichern. Nach einem ersten und letzten blinden Akt, dochdoch, nennen wir es ruhig *Liebesakt*, und der Eiablage wartet ja nur noch der Tod.

Unter jedem unserer Schritte knisterte damals ein dicker Teppich aus toten Fliegen. Manchmal bis an die Knöchel in diesen Teppich einsinkend, erreichten wir einen unterirdischen See und dort einen vertäuten Kahn, den der Maori losband und an das andere, in ebenso undurchdringlicher Dunkelheit liegende Ufer zu staken begann. Er empfahl mir, mich während der Überfahrt mit offenen, himmelwärts gerichteten Augen auf die Planken zu legen. Und so schaukelte ich, schwebte ich unter Spiralnebeln und

Sternhaufen dahin. Als der Fährmann das Ruder irgendwann sanft aus dem Wasser hob und sanft in den Kahn legte und seine Stirnlampe löschte, wurde es unter den namenlosen, in der Tiefe der Erde verborgenen Sternbildern so still, daß ich in meinem Kopf das Klingen des Blutes hörte.

Ich war nicht beunruhigt, sondern zunächst nur erstaunt, als dieser singende Ton, den ich auch früher in der Stille von Salzbergwerksstollen und in alpinen, von Eis verglasten Riesenhöhlen schon gehört hatte, nicht verklang. Selbst als wir Stunden später wieder ins Gletscherlicht hinaustraten, ins tiefe Grün, in den Wind und in einen rauschenden Regen, hörte ich dieses Klingen. Wenn ich mich recht erinnere, war das der Anfang, das erste Mal, daß es in meinem Kopf tagelang, nächtelang, wochenlang nicht mehr still wurde, und ich wußte noch keinen Namen dafür.

Ein Schriftsteller? Ein Dichter? Nein, ich erhebe keinen Anspruch auf solche Titel. Ein Erzähler? Nennen Sie mich, wie Sie wollen.

Auf Formularen, gebe ich zu, schreibe ich der Einfachheit halber gelegentlich *Autor*, aber das könnte ja auch der Verfasser von Gebrauchsanweisungen sein. Auf Formularen sind mir die Felder am liebsten, in die sich einfach *Tourist* setzen läßt, denn Ahnungslosigkeit, Sprachlosigkeit, leichtes Gepäck, Neugier oder zumindest die Bereitschaft, über die Welt nicht bloß zu urteilen, sondern sie zu erfahren, zu durchwandern, von mir aus: zu umsegeln, erklettern, durchschwimmen, notfalls zu erleiden, gehören wohl mit zu den Voraussetzungen des Erzählens. Aber wie lange muß einer die Welt bloß betrachtet, ihre Zurufe, Zeichen und Gesten gedeutet, verstanden oder mißverstanden, sich dabei oft verirrt und doch über nicht viel mehr verfügt haben als seine Augen und Ohren, aber über keine Stimme, keine Sprache – bis, ja bis er sich endlich ein Herz fassen und so etwas Ähnliches, so etwas Wunderbares und Maßloses wie *es war einmal* sagen kann; behaupten kann: Es war einmal.

Nein, keineswegs, ich verzichte nicht aus Bescheidenheit auf durchaus ehrende Titel, aber *Schriftsteller* oder *Dichter* erinnern mich stets daran, daß mir in meinem Leben noch keine Arbeit schwerer gefallen ist als das Schreiben. Keine andere Arbeit hat mich zu so wüsten Selbstverfluchungen und meinen Schlaf und Frieden störenden Selbstzweifeln getrieben; nichts ist mir jemals mühseliger erschienen, nichts unerträglicher geworden.

Reden! Ach, redend kann ich mir selber und meinen Zuhörern oder Freunden eine Geschichte so leicht wie leidenschaftlich erzählen, im Reden sind halbe Sätze, Bruchstücke, lange, verwirrende Pausen, ist alles erlaubt, darf eine Aussage noch einmal von vorn und wieder und wieder beginnen, aber im Schreiben ... Eine Geschichte zu erzählen, ihren Inhalt so ungefähr und unter Umständen stockend zu beschreiben, befreit ihren Urheber ja schließlich nicht von der entscheidenden und oft quälenden Frage: Wie lautet denn nun ihr erster, unwiderruflich *geschriebener* Satz? Wie lautet der notwendige Ausdruck, der einzig mögliche Satz in einer nahezu unendlichen Anzahl von Sätzen?

Auf und davon!, könnte dabei als Spruchband oder Trauerflor meine Schreibtische verhängen, ja als Banner von den Tastaturen meiner *Notebooks* flattern, auf und davon!, nein, nicht auf der Flucht vor dem leeren, unbeschriebenen, sondern vor dem bis zur vollkommenen Schwärze mit Schriftzeichen, Buchstaben, Worten übersäten Papier, das Verbesserungen fordert, Präzisierungen, Entscheidungen, immer neue Versionen und Varianten fordert ... Nichts wie weg!, keine Sekunde länger verharren im Schein eines von Zeilen und Zeilen verfinsterten Bildschirms, auf dem ein Satz den nächsten nach oben und weiter, über den Schirmrand hinaus drängt, ins Verschwinden, ins Nichts stemmt, um Platz zu schaffen für die nächste Version, die sofort ebenso hochgestemmt, verworfen, zum Verschwinden gebracht, umgeschrieben und wieder und wieder und manchmal, ja, manchmal bis zum sinnlosen Gestammel umgeschrieben werden muß ...

Aber kaum ist so und trotz aller Fluchten und gescheiterten Versuche endlich doch ein Satz, eine Geschichte an ihr Ende gebracht, höre ich noch durch das Klingen in meinem Kopf Fragen wie *Und weiter? Wie geht es weiter? Und wo? Wie lautet der nächste Satz? Und der nächste?,* Fragen, die ungerührt die Rückkehr zum Anfang fordern, zehn, hundert Felder zurück!, an die Ränder endloser weißer Flecken auf einem Globus, der bestenfalls in Fragmenten, Küstenabschnitten, Inselchen, Klippen zu kartographieren ist, während sich ganze Kontinente, submarine, von Ozeanen bedeckte Gebirge, riesige Städte, Wüsten – der ungeheuerliche Rest! – aufgespießt zwischen unerreichbaren Polen, unvermessen, unausgesprochen, unerzählt an mir vorbei und unter meinen Füßen weg und weiter und immer weiter drehen.

Nein!, ich brauche Ihr Wasserglas nicht. Ich beruhige mich ja schon. Wie? Aber ja, wem sagen Sie das, natürlich hat selbst diese fragmentarische Kartographie, hat der Zauber, wenn schon nicht *alles*, so doch wenigstens *etwas* zur Sprache zu bringen, in Sprache zu verwandeln, mit ..., ja, auch mit Glück zu tun. Nichts kann mich weiter, über alle Ränder von Bildschirm, Schreibtisch, Papier hinausführen in einen Raum, in dem ich die Höhe von Gebirgen bestimme, ich die Tiefe des Meeres, die Dauer eines Lebens oder einer ganzen Epoche. Ich bestimme, wann die Sonne auf- und wieder untergeht, und ebenso die Auf- und Untergänge von Sternbildern und Mond. Denn wenn sich Menschen samt ihren Häusern, Feldern und Schlachtfeldern, Palästen, Bunkern, Denkmälern – und Himmeln! in Sprache verwandeln, kann das bloß Mögliche, selbst das Paradiesische schon im Stakkato einiger Nebensätze *wirklich* werden, während das Monumentale, scheinbar Unzerstörbare, Unbesiegbare, Unvergängliche ebenso spielend leicht und mit anderen Worten wieder verschwindet.

Nur im Kopf, sagen Sie?, *nur* in der Vorstellungskraft des Erzählers und seiner Zuhörer? Ja, natürlich. Wo denn sonst? Erst dort wird die Welt schließlich vollständig, nur im Erzählraum liegen Mögliches, zumindest Plausibles – und Notwendiges, Tatsächliches, kurz: *alles, was der Fall ist* – bloß durch hauchdünne, oszillierende Membrane getrennt nebeneinander. Was nicht ist, kann noch oder augenblicklich werden und – auch das ist in diesem Raum so gewiß wie nirgendwo sonst: was ist, kann nicht bleiben. Was für ein Glück – und gleichzeitig, wenn es unsere Liebsten und unser Liebstes betrifft: wie traurig.

Das verstehen Sie nicht? Finden Sie es denn nicht traurig, daß, sagen wir von nun an, von diesem Augenblick an gemessen, in ein paar Jahrzehnten, nein, sagen wir der Sicherheit halber: in neunzig, hundert Jahren, vieles so sein wird wie jetzt: der gleiche Himmel, vom Westen her aufklarend, im Osten noch verhangen ..., vor dem Fenster die Schafweide mit ihren Inseln aus Stechginster, dahinter die Steilküste, ein paar Mantelmöwen über dem ausladenden Schirm der *Scotch Pine*, ein bellender, seidenhaariger Setter im Hof ... alles wie jetzt, nur wir, wir und unsere Liebsten – keiner mehr da. Und worüber wir uns gefreut oder manchmal sogar ein bißchen überlaut gelacht haben, der auf dem Küchentisch hinterlassene Zettel, darauf dieses Strichmännchen mit einem Blumenstrauß in den Krallen, die Einkaufsliste und der ans Ende gekritzelte Filmtitel für die abendliche Verabredung im Kino – alles vorbei, alles vergessen.

Gewiß, auch das Glück der Verwandlung von etwas in Sprache kann nichts wirklich festhalten, nichts bewahren, befreit mich aber zumindest von quälenden Fragen, für einen Augenblick selbst von der nach dem nächsten Satz. Besänftigt mich. Ein Augenblick Stille. Wunderbar.

In diesem Augenblick, nur für eine verfliegende Frist, bin ich zu vielem imstande, was ansonsten in unerreichbarer Ferne liegt: Geduld, Langmut, Gelassenheit, ja sogar Trost ... Was ich manchmal in den Geschichten jener Erzähler oder Dichter finde, denen ich zuhöre oder die ich lese, kann ich dann ein paar Herzschläge lang selber anbieten: nicht Ablenkung, nicht Betäubung, aber jenen Trost, der das Verschwinden nicht leugnet, sondern davon erzählt und so erträglich macht.

Haben Sie jemals von der *Himmels-* oder *Vogelbestattung* gehört, wie sie an manchen Orten des tibetischen Hochlandes Brauch ist? Dort werden die Toten auf den Plattformen von *Türmen des Schweigens* den Geiern zum Fraß vorgelegt, damit diese in brausend auffliegenden Schwärmen, als Engel sozusagen, eine verbrauchte Hülle der Seelenwanderung stückweise und in alle Himmelsrichtungen davontragen. Es ist dabei die Aufgabe von Turmwärtern – von Alkohol oder anderen Rauschmitteln abgestumpften Gehilfen –, den Leichnam unter den Augen der Trauergäste fraßgerecht für die Geier zu zerkleinern. Vor atemlosen, wie versteinerten Zeugen – Frauen, Ehemännern, Söhnen, Töchtern – greifen diese Türmer zu Axt und Schlachtmesser und zerhacken, zerschneiden den leeren Körper eines geliebten Menschen, zerschlagen seinen Kopf mit einer Keule, die großen Knochen, die Knie, bis der Fraß klein genug, leicht genug ist, um in den Himmel, in die Wolken, ins Blaue gehoben zu werden.

Und um die nun weinenden, manchmal schreienden Trauernden, um die – vorerst – Zurückbleibenden, Überlebenden nehmen sich dann Asketen an, als heilig verehrte Tröster, deren einzige Aufgabe darin besteht, den Verzweifelten beizustehen, ja, sie nicht bloß zu trösten, sondern zum Lächeln zu bringen: Sie halten die Trauernden in den Armen, hören ihnen zu, schweigen mit ihnen, erzählen ihnen Geschichten von den labyrinthischen Wegen der Seele, bleiben bei ihnen und verlassen sie nicht mehr – bis sie lächeln.

Sie winken ab? Diese esoterischen Anekdoten wollen Sie nicht hören? Nun, ich will ja auch nicht sagen,daß ich mich als glücklicher Erzähler am Ende einer Geschichte tatsächlich auch *dazu* imstande fühlen würde ..., ja, wahrscheinlich würde ich an einem solchen Zuspruch scheitern, aber versuchen ..., versuchen würde ich es. Denn am Ende einer Geschichte, vielmehr: in ihrem Inneren, bin ich so zuversichtlich, so überzeugt vom Sinn aller menschlichen Anstrengungen wie in keinem anderen Augenblick meines Lebens.

Größenwahn, sagen Sie? Vielleicht haben Sie recht. Aber hat nicht jeder Anspruch, etwas zu benennen, zur Sprache zu bringen, mit diesem Wahn zu tun? und kann wie jeder Wahn enden – mit einem Sturz ins Bodenlose. Denn wehe, *wehe!*, wenn der Versuch scheitert und sich die Sprache gegen mich selbst wendet und nichts, kein Satz, keine Beschreibung Form und Gestalt annehmen will, nichts gelingen und alles wieder und wieder und immer anders beschrieben sein will – dann werde ich selber so verstört, so ratlos, bedürftig nach Trost wie ein Trauergast auf der Plattform eines tibetischen Turms.

Ach, das kennen Sie? Sie kennen das also.

Und wozu?, wozu der ganze Zauber, fragen Sie? Wozu Literatur, Erzählen? Das fragen Sie ausgerechnet mich? Abgesehen davon, daß sich wohl keine Geschichte, die auch nur *eine* Stimme und *ein* Ohr findet, um Rechtfertigungen kümmert, läßt sich vermutlich unabhängig von Zeit und Ort kaum sagen, was Erzählen grundsätzlich bewirken soll: Aufklärung? Besänftigung, Trost, Unterhaltung? Politische Aufbrüche …?

Lesen Sie doch ein und dasselbe Gedicht oder Stück Prosa an der nächsten Straßenecke laut, ja, warum nicht, vielleicht auch schreiend vor – dann einmal diesseits, einmal jenseits irgendeiner mit Stacheldraht und Minenfeldern bewehrten Grenze, dann in einer Moschee, einer Wallfahrtskirche, in einem Theater oder auf einem sogenannten Parteitag –, und Ablehnung, Wut, Langeweile oder Beifall werden sich entsprechend unterschiedlich zeigen. Die Wirkung, die eine erzählerische oder poetische Arbeit in verschiedenen gesellschaftlichen, historischen Räumen erzeugt, ist für ihren Urheber wenn überhaupt, dann nur in wenigen Skandalfällen vorherzusehen oder gar vorherzubestimmen.

Ein Erzähler, Schriftsteller, Dichter kann bloß seinen Absichten folgen, seinen gestalterischen, obsessiven, von mir aus: auch erzieherischen, politischen Absichten, aber was aus dem Ergebnis seiner Arbeit, erst recht jenseits des Endes seiner eigenen Lebensgeschichte gemacht wird, entzieht sich der Planung. Was Literatur vermag, was sie *soll*, welche aufklärerischen, ästhetischen oder bloß unterhaltenden Aufgaben sie übernehmen kann, läßt sich vermutlich nicht ein für allemal festlegen, ja ändert sich ununterbrochen – mit jeder Grenze, jedem Sprachraum, Land, Kaff und allen Zeiten.

Nach der Bestimmung eines Dichters fragen Sie? Sind wir denn hier auf dem Arbeitsamt? Ich habe mich noch nie für die Zuweisung von Pflichten und Aufgaben interessiert. Und ich glaube auch nicht, daß man einer weltweit verstreuten Gruppe von Menschen, die zunächst nicht viel mehr miteinander verbindet als die schwer zu beschreibende Arbeit des Schreibens, auf irgendeinen Eid einschwören könnte – auf die Verpflichtung etwa, stellvertretend für ihre Leser eine Haltung einzunehmen, die grundsätzlich nicht delegierbar ist –, nämlich die Haltung eines einigermaßen friedfertigen, humanen Individuums. Du lieber Himmel!, verwechseln Sie doch Ihre Erzähler und Dichter nicht vorschnell mit hochmoralischen geistigen Heroen! Als ob die Ahnengalerie der Literaturgeschichte eine Heldengalerie wäre und nicht – was sie ja oft viel eher zu sein scheint – ein Armenhaus und Asyl voll liebes- und geltungssüchtiger Neurotiker.

Wenn der Lauf der Geschichte tatsächlich ein *Fortschritt im Bewußtsein der Freiheit* sein soll – selbst ein über die Welt und ihre Kulturen so mangelhaft informierter Philosoph wie Georg Friedrich Hegel hat das ja behauptet –, dann kann zur Förderung dieses Bewußtseins die bloße Erzählung ein mindestens ebenso geeignetes Mittel sein wie Predigt, Mission oder einer dieser flammenden Appelle, die oft überschlagen in ein Gehämmere auf der Klaviatur ideologischer Phrasen. Wenn von einem Rednerpult, von Plakaten und Transparenten herab beispielsweise die Barbarei von Rassismus, autoritärer Herrschaft oder kolonialistischem Übermenschentum verflucht wird, dann kann die aufklärerische Wirkung eines Erzählers durchaus darin bestehen, diese Barbarei, ihre Schrekken wie ihre Dummheit, in ihren konkreten, individuellen Formen zu beschreiben – keine programmatische, sondern genaue, lakonische Darstellung. Denn wer sich die von autoritärer Barbarei verursachten inneren und äußeren Verwüstungen einmal vorzustellen versucht hat, bloß *vorzustellen*!, etwa als Leser einer möglicherweise sentimentalen Geschichte von Liebe und Krieg, der wird vielleicht eine Spur weniger anfällig sein gegen die Versuchung, irgendeinem Gegröle, ob in Bierzelten, Kristallnächten oder Parteilokalen, zu applaudieren.

Erzählen erfordert Vorstellungskraft, Mitgefühl, fordert das auch von Lesern und Zuhörern – und

Rohheit, politische oder religiöse Dummheit, Dogmatismus sind zum Teil ja auch ein ungeheurer Mangel an Vorstellungskraft, ein Mangel nämlich an der Vorstellung vom tatsächlichen Leben, vom Glück und vom Leiden des einzelnen. Ein Erzähler kann dazu beitragen, diesen Mangel zu lindern, und kann so seinem Publikum zur Immunität verhelfen gegen das Gegröle oder kann es vielleicht sogar anstiften, über die Dummheit der Barbarei zu lachen. Barbaren sind ja nicht nur fürchterlich, sondern immer auch lächerlich.

Ich erinnere mich an einen Abend in Wien, an dem der Schauspieler und Schriftsteller Helmut Qualtinger im Auditorium Maximum der Universität aus Hitlers *Mein Kampf* vorlas. Ich habe selten solche Lachstürme erlebt. Dabei hat Qualtinger Wort für Wort des Originaltextes gelesen. Was kann es für einen diktatorischen Charakter Vernichtenderes – und was für seine Widersacher Vergnüglicheres – geben als das Lachen über den totalitären Anspruch? Schlimm, sehr schlimm für jeden Herrscher, auf seinem Thron einfach ausgelacht zu werden. Erinnern Sie sich noch an die von Fernsehkameras überlieferten, beschwörenden und schließlich bloß fuchtelnden Zeichen, die der *Große Conducator* Ceauşescu seinem Volk machte, als *sein Volk!* ihm während der allerletzten Rede seines Lebens plötzlich im Chor zu widersprechen und dann sogar zu lachen begann?

Ich bin immer wieder erstaunt, daß sich zumindest einige Vertreter des Publikums dafür zu interessieren scheinen, wie ein Schriftsteller aussieht, wie er spricht, wie er wohnt, wie er sich kleidet und zu welchen Kommentaren über Gott und die Welt er aus dem Stegreif fähig ist. Ich tauge nicht besonders dazu, spontan Erhellendes zu aktuellen Ereignissen zu sagen. Was ich zu sagen habe, schreibe ich. Das braucht vor allem Zeit. Das Tempo des Aktuellen ist nicht meine Geschwindigkeit. Ich bin vor einem Mikrophon oder einer Kamera, beispielsweise um meine Meinung zu einem Präsidenten und Führer der sogenannten *Freien Welt* befragt, der auch noch stolz ist auf die mehr als einhundertdreißig Todesurteile, die er als Gouverneur von Texas unterzeichnet hat, nicht klüger als der nächstbeste Passant; ein ratloser Tourist, der auch keine Antwort auf die Frage weiß, wie man die Folter einer jahrzehntelangen Isolationshaft mit anschließender Hinrichtung praktizieren und dieses Verfahren *Rechtsprechung* nennen kann; keine Antwort auf die Frage, wie man anstelle von Unterhändlern und Botschaftern Auftragsmörder und Bomberpiloten ausschicken und ein auf den Bruchteil einer Bogensekunde exakt geplantes Massaker *Außen-* oder *Sicherheitspolitik* nennen kann. Mit Instrumenten und Methoden des Terrors soll Terrorismus bekämpft werden?, mit jeder Kontrolle entzogenen chemischen, biochemischen, bakteriologischen und nuklearen Waffensystemen das Sicherheitsgefühl befriedigt? Ein Ideologe der Rachefeldzüge und Todesstrafe soll mit allen Ehren, Hymnen und roten, schon auf Flugpisten ausgerollten Teppichen empfangen werden? Einem Henker die Hand schütteln? Wie? Ach, Sie stellen hier die Fragen, sagen Sie.

Was für eine Verwandlung: In jenem Raum, in dem ich beispielsweise als Erzähler eine Geschichte zur Sprache gebracht habe, waren eben noch Klarheit, Gewißheit, sogar Gelassenheit möglich. Aber in dem Augenblick, in dem ich diesen Erzählraum verlasse und etwa in Kommentaren zu *reden* beginne, bin ich unter Umständen doch wieder nur ein empörter Wirrkopf, der, an der nächsten Ecke oder in irgendeinem Winkel des journalistischen Meinungsinkassos zum Plaudern gezwungen, Kauderwelsch redet, stottert, schwitzt.

Ich gebe zu, meine Fähigkeiten als Prediger, Moralist oder gar Prophet sind schwach ausgeprägt. Was soll ich prophezeien? Daß, was ist, nicht bleiben kann? – dazu bedarf es keiner Prophezeiungen. Unablässig *memento mori* zu krähen wäre bestenfalls lächerlich. Und der edlere Kulturpessimist wird ohnedies oft und gerne gegeben. Ich bin außerdem und gelegentlich durchaus begeistert von einigen Aspekten des Fortschritts. Bloß am Glauben festzuhalten, daß sich die Vernichtungswalze der industriellen Entwicklung weiter und weiter drehe und sich immer raffinierterer, gen- oder nanotechnischer Hilfsmittel bediene, wäre doch auch ein etwas bescheidenes Vergnügen. Doch der Glaube an den *Fortschritt im Bewußtsein der Freiheit* rührt an etwas Wesentliches – trotz aller destruktiven und betäubenden Nebenerscheinungen der Zivilisationsgeschichte. Die schönen Aussichten haben unbestreitbar zugenommen, immerhin, und nicht nur die Ausblicke auf den Untergang. Natürlich gibt es nach wie vor diese Krieger für Gott und Vaterland, Ingenieure der Folter, Inquisitoren und Weltpolizisten, aber dieses ganze schauerliche Gesindel bestimmt das Weltgeschehen nicht mehr ganz allein …, naja, nicht mehr völlig uneingeschränkt …, hoffentlich.

Sie sehen: Als Redner bin ich für den weltpolitischen oder kulturphilosophischen Kommentar jedenfalls zu langsam; die entscheidenden Sätze zu den wesentlichen Themen einer öffentlichen Befragung, gar einer Podiumsdiskussion, fallen mir grundsätzlich erst ein, wenn ich wieder allein bin und sich allfällige Zuhörer bereits verlaufen haben … Aber wichtig bleibt doch, daß, was überhaupt zu sagen ist, von verschiedenen Sprechern, Erzählern, auf verschiedenen Ebenen gesagt oder geschrieben wird, auf essayistischen, poetischen und narrativen Ebenen, von mir aus auch als Brandrede und Pamphlet. Oder sollen Dichter und Schriftsteller jeweils in einer Art Chor sprechen? Alle gleichzeitig, alle uniformiert und zu einem allgemein anerkannten Themenkanon, alle in ähnlicher Tonlage und mit gleichen guten Absichten?

Ich nehme für mich das Recht in Anspruch, ratlos zu sein und mir erst im Schreiben allmählich klar darüber zu werden über das, was zu sagen ist. Aber kaum ist eine Geschichte bis an ihr Ende geschrieben, wollen übereifrige Publikumsvertreter das, was geschrieben steht, gefälligst noch einmal und gefälligst ausgesprochen hören – und vor allem: mit anderen Worten. Mit anderen Worten! Hinstellen soll er sich, dieser *Schriftsteller.* Reden soll er, nicht nur schreiben …

Haben Sie nicht auch manchmal das Gefühl, als ob dieses Ritual vollzogen werden müßte, um der literarischen Arbeit das Hermetische, das Fremde, vielleicht auch das Endgültige wieder zu nehmen? Soll ein seltsamer Vogel, der sich bis zur Behauptung, ja zur Erfindung einer eigenen Welt vorgewagt, dafür alle erforderliche Zeit beansprucht und sogar eine eigene Sprache gefunden hat, auf diese Weise wieder ins *wirkliche* Leben zurückgeholt werden?, zurück in jenen Käfig, in dem endlich auch Dichter zu stottern beginnen.

Wie? Ihnen würden ein *Statement*, einige diskutierbare *Aussagen* schon reichen? Dann sitzt wohl der falsche Mann unter Ihrer Lampe. Ich war stets davon überzeugt, Bewußtsein, Aufklärung seien etwas ebenso Individuelles wie Einsicht oder gar Reue. Findet Klärung, Aufklärung denn nicht vor allem im Kopf des einzelnen statt? Und ist dann nicht jeder Versuch, diesen Prozeß der Einsicht in das Leiden oder in das mögliche und verlorene Glück der Menschen in ein Programm zu kleiden, das man nur organisieren müßte und schon wäre *Aufklärung* das zwingende Resultat – vergebliche Mühe?

Wirklich klar wird doch der Schrecken ebenso wie die Sehnsucht, ihn für immer überwinden zu können, nur an der Geschichte des einzelnen. Wenn es überhaupt eine der Erzählung entsprechende Haltung geben kann, dann die des einzelnen. Geht es denn beim Erzählen nicht genau darum – das Unwiederholbare, Unverwechselbare am Einzelfall darzustellen und ihn vielleicht gerade dadurch zum Beispiel zu machen? Die Welt besteht doch nicht aus gesichtslosen, arbeitenden, marschierenden oder in ihre Ferien stürmenden Massen, sondern aus Menschen mit Namen, Gefühlen, Geburts- und Sterbetagen, Lebensläufen. Das ist mein Thema, nur davon kann ich erzählen, und ich beanspruche dafür alle erforderliche Zeit. Am Ende dieser Anstrengung kann ein Roman oder bloß eine Anekdote stehen, eine Erzählung, die im günstigsten Fall eine Art Museum lichter Momente ist, die sich über die Jahre hin eingestellt haben. Aber wie viele lichte Momente hat man schon!

Und natürlich kann auch ein mit Eitelkeit geschlagener Schwachkopf als Dichter oder Erzähler unter Umständen richtige Sachen sagen – in einem dieser lichten Momente eben, in einer seiner Geschichten. Selbst über Glück und Elend läßt sich doch schreiben, ohne daß der Autor selber darin gefangen sein müßte. Er hat ja schließlich nicht nur seine Sprache, sondern vor allem Augen und Ohren, mit denen er das Leben anderer wahrnehmen kann, um dann so davon zu erzählen, daß zumindest einer seiner Zuhörer, seiner Leser darin das eigene Glück, das eigene Elend wiedererkennt.

Nein, *dem* Trugschluß bin ich nie verfallen: mir einzubilden, als Erzähler einer für alle zu sein. Um Geschichten und ihre Urheber entstehen doch stets so etwas wie Familien, größere oder kleinere, die – soviel weiß ich zumindest aus der Welt der Bücher – manchmal mit lächelnder Geringschätzung, ja sogar Verachtung auf die jeweils *anderen* zeigen: *Waaas? Das gefällt denen?* Natürlich wird gelegentlich auch ein – ebenso selbstherrliches – Andachtsbild hochgehalten: *Einer* soll sprechen und *alle* zuhören … Aber dieses Wunder wäre wohl nicht nur das Ende der Vielstimmigkeit, sondern das Ende der Literatur.

Ich habe vor Jahren, auf einem Weg aus der nördlichen Sahara durch den Hohen Atlas in die Ebene von Haouz, für fünf Novembertage in Marrakesch

Station gemacht und dort die zunehmende und wieder nachlassende Kraft von Geschichten als einen langsamen Reigen erlebt; einen Reigen, dessen Figuren vergleichbar waren mit denen von Eisenfeilspänen, die sich um magnetische Quellen zu wechselnden Ornamenten formieren.

Ich saß während dieser Tage oft stundenlang bei Pfefferminztee und Gebäck auf einem Flachdach über dem *Jemaa el Fna*, dem *Platz der Toten*, auf dem einst die Schädel der Enthaupteten auf Pfähle gepflanzt zur Schau gestellt worden waren. Aber dieser weitläufige Platz inmitten der kleinsten der vier marokkanischen Königsstädte gehört schon lange wieder allein den Lebenden. Von oben, von meinem Teetisch betrachtet, erschien mir der Jemaa el Fna sogar wie eine Allegorie des Lebens. Seine nur noch von rasch ziehenden Wolken und dem Minarett der Koutoubia-Moschee überschattete, im Norden von gedeckten, dämmrigen Souks begrenzte Weite wurde aus dem Gassengewirr der Medina wie ein See von Zuflüssen genährt: Immer neues Publikum trieb aus den von allen Düften Arabiens durchwehten Souks der Gewürz- und Seiden- und Teppichhändler heran, den Läden der Korbflechter, Töpfer, Gerber, Kupferschmiede, Lampenmacher und Färber – Publikum, das sich auf dem Jemaa el Fna von Passanten, Händlern und Käufern in Zuschauer, Zuhörer verwandelte und dort Dutzende, unter freiem Himmel ihre

Künste anbietende Schausteller umdrängte, Feuerschlucker, Affenbändiger, Trommler und Oud-Spieler, Wahrsager, Jongleure, Schreiber und Gesundbeter, Seiltänzer, Schlangenbeschwörer ..., vor allem aber: Erzähler.

Ich hatte in den Berberdörfern des Hohen Atlas, der Heimat vieler dieser Erzähler auf dem Jemaa el Fna, Sträuße französischer Satellitenempfänger in der Novembersonne glänzen sehen, metallenes Dickicht, das vorabendliche Seifenopern aus einem verglühenden Himmel bis an die nach wie vor offenen Feuerstellen ins Innere der Lehmhäuser übertrug. Aber hier, auf dem Platz der Toten, standen diese Erzähler, als ob die Zeit selbst stehengeblieben wäre seit der Drucklegung jener Geschichte, der ich nach Marrakesch gefolgt war; ich trug sie als schmales Bändchen in meinem Reisegepäck:

»Am meisten Zulauf haben die Erzähler«, las ich in dem Bändchen, das nun aufgeschlagen vor mir zwischen Teegläsern lag – Elias Canettis *Stimmen von Marrakesch* –, »Am meisten Zulauf haben die Erzähler. Um sie bilden sich die dichtesten und auch die beständigsten Kreise von Menschen. (...) Unter den Menschen unserer Zonen, die der Literatur leben, habe ich mich selten wohl gefühlt. Ich habe sie verachtet, weil ich etwas an mir selbst verachte, ich glaube, dieses Etwas ist das Papier. Hier fand ich mich plötzlich unter Dichtern, zu denen ich aufsehen konnte, weil es nie ein Wort von ihnen zu *lesen* gab.«

Was diese Dichter, trotz der Antennensträuße in ihren Heimatdörfern, trotz digitalisierter Seifenopern und elektronischem Schlagergeplärr aus den Souks immer noch zu *erzählen* hatten – umringt, umdrängt, bewundert von ihren Zuhörern –, konnte ich selbst dann nicht verstehen, wenn ich das Flachdach verließ und mich als einer von vielen durch die Menge drängte. Aber zurück an meinem Teetisch, sah ich, wie der Reigen der Zuhörer sich im Laufe eines einzigen Nachmittags manchmal um ein, manchmal um zwei Dutzend und mehr Erzähler bewegte, sah, wie die Kreise dieses Reigens hier dichter und größer, ja konzentrisch wurden und an anderen Stellen, dort, wo die Kraft einer Geschichte nachgelassen hatte, einer anderen unterlegen oder einfach an ihr Ende gekommen war, wieder auseinanderliefen und von anderen Kreisen aufgenommen, verschluckt wurden.

Die Erzähler, viele von ihnen Analphabeten wie die große Mehrheit der Untertanen im Königreich Marokko, hatten nur ihre Stimme; keine Kostüme, keine Requisiten, keine Schrift – und doch waren die Kreise ihres Publikums immer noch die dauerhaftesten auf dem Jemaa el Fna. Und es waren auch allein die Erzähler, die bis tief in die Dämmerung blieben, in der Schlangenbeschwörer, Zauberer und mit ihnen alle anderen Darsteller auf dem Platz allmählich abgelöst wurden von Garköchen, die nun dort, wo eben noch der Schauplatz eines von Jubel, Gelächter oder Seufzern begleiteten Kunststücks oder Dressuraktes gewesen war, ihre Feuerstellen errichteten, Gasöfen entfachten, Tische deckten und im Licht von Kerzen und Fackeln die Abendmahlzeit für die tägliche Kundschaft, Tausende von Gästen, zuzubereiten begannen.

Und wenn ein Erzähler schließlich doch verstummte, sich an einem der filigranen Rohrtische in den Gast einer fliegenden Küche verwandelte oder in der Menge verschwand, blieb am Ort seiner Erzählung eine leere Stelle, die sich langsamer als die von den Gauklern hinterlassenen Leerstellen zu schließen schien, so, als ob das wirkliche Leben jenen Raum, den eine bloße Geschichte eingenommen hatte, nur zögernd wieder füllen wollte.

Warum nicht einfach weitergehen, kopfschüttelnd möglicherweise oder gelangweilt, aber doch einfach *weiter*, frage ich mich manchmal, weiter zum nächsten Erzähler, zum nächsten Kreis, zur nächsten Familie, wenn dort, wo man eben noch stehengeblieben ist, nichts mehr zu hören, nichts mehr zu lesen ist, was einen hält ... Warum, zum Beispiel, dieses höllische Gezeter um diese oder jene Geschichte, um dieses oder jenes Buch in Literaturbeilagen und *Feuilletons*, die doch den kultivierteren Teil einer Zeitung vorstellen wollen.

Wie meinen Sie? Lebendige Diskussion? Auseinandersetzung mit Literatur?, begründeter Streit? …, wer sich exponiere, öffentlich rede, erzähle, *publiziere*, sagen Sie, müsse eben auch damit rechnen, öffentlich kritisiert zu werden?

Aber ja!, natürlich, das gebe ich gerne zu, und gebe auch zu, kein besonders eifriger Zeitungsleser zu sein und mir meine Empfehlungen für Bücher und anderes lieber von Vertrauten und Freunden zu holen als aus sogenannten Beilagen, und bin deshalb wohl auch nicht besonders gut informiert über den Stand der Dinge – aber soviel ich über die Streitkultur selbst von Büchermenschen in Erfahrung bringen konnte, ist auch dort der Krach von Schlägereien zu hören – Töne, als ob in einem mißliebigen Erzähler, Schriftsteller oder Dichter nicht bloß der Urheber eines literarischen Beitrags zu kritisieren wäre, sondern jemand bestraft! werden müßte: kein Erzähler, sondern ein Unhold, der nicht nur den guten Geschmack dieses oder jenes Kritikers beleidigt, sondern dazu auch noch dessen Sohn verstümmelt, dessen Frau und Tochter vergewaltigt und am Ende den Tatort in Brand gesteckt hätte und nun dafür die Strafe seiner *Vernichtung* erleiden müßte.

Gut, auch darin stimme ich Ihnen zu: natürlich können diese Wut- und Haßausbrüche durchaus einer gewissen Ausdrucksschwierigkeit entsprechen, und alles sei vielleicht gar nicht so *gemeint*, sondern nur so *geschrieben* ... Tatsächlich sind ja manche dieser Verfluchungen von einer fast rührenden Unbeholfenheit – wie mit einem Zaunpfahl oder armdicker Ölkreide verfaßt und nicht mit einer Feder, einem Bleistift oder irgendeinem *Schreib*gerät. Und natürlich ist auch Ihre Frage berechtigt, warum denn ausgerechnet in der Schar der Kritiker die Zahl der Halbtalente kleiner sein soll als unter Erzählern, Musikern, Malern.

Statistisch betrachtet sind wohl hier wie dort Durchschnitt, Mittelmaß, das Unbeholfene und Mißglückte eher die Regel als der *große Wurf*. Warum sollte denn Könnerschaft ausgerechnet in der Kritik häufiger zu finden sein als in anderen Bereichen des Lebens – schade nur, denke ich manchmal, daß Menschen, die durchaus Begabungen und Fähigkeiten hätten, um, sagen wir, in einer Wurstfabrik, in einem Schlachthof oder als Pathologiegehilfen zu arbeiten – auch in Wurstfabriken und Leichenhallen wird doch notwendige, ja unvermeidliche Arbeit geleistet –, daß also manche dieser ins Feuilleton verschlagenen Irrläufer ihre wahren Talente ausgerechnet als Kritiker vergeuden. Es ist doch nur natürlich, daß ein solcherart Verlaufener es als Zumutung, ja Beleidigung empfindet, anstelle einer ganz besonderen Wurst oder einer Leiche schon wieder! ein Buch oder ein anderes, als bloßen *Dreck* empfundenes Werk auf seinem Tisch zu haben.

Sie schütteln den Kopf? Übertreibung, sagen Sie? Für solche Formulierungen möchten Sie gefälligst Beispiele hören, Beweise? Nun, ich bin, wie gesagt, kein besonders eifriger Zeitungsleser: Vermutlich deshalb hat mir eine Freundin aus München im Herbst 2001 eine Kopie der beispielhaften Empörung eines Frankfurter Theaterkritikers nach Irland geschickt und darauf angemerkt: *Sei froh, daß du noch lebst.*

Ich verstand diese Bemerkung zunächst nicht ganz, aber davon später, sondern las, wie sehr der Frankfurter in einer Münchener Aufführung von Büchners *Dantons Tod* leiden und sich schließlich darüber so erregen mußte, daß er unter dem Titel »Recht und Dreck so« die Guillotine als »Segen« pries. Zwar räumte der vom Schauspiel gequälte Kritiker durchaus ein, daß man den von der eigenen Revolution gefressenen Danton, Robespierre, Saint-Just und vielen »anderen empfindsamen Massenmördern nicht einmal nachträglich den Tod wünschen« soll, empfahl jedoch in einem wuchtigen ABER, dann wenigstens den Regisseur, den Bühnenbildner oder die Schauspieler – von einem »in seiner Selbstachtung ziemlich gesunkenen Publikum« gar nicht zu reden – einen Kopf kürzer zu machen, denn nach dieser inferioren Theaterleistung »mag die Guillotine schon ein Segen sein«.

Aber lieber Herr, hätte man auch in diesem Fall besänftigend murmeln können, wir werden gewiß keine Messer und keine Beile brauchen, schon gar keine Fallbeile … Tatsächlich aber fiel mir damals nur ein, die Freundin in München per Ansichtskarte zu fragen: Darf man also im politisch hochkorrekten Deutschland endlich wieder ein bißchen salopper formulieren und die Verantwortlichen für einen ärgerlichen Theaterabend mit dem altvertrauten wie bündigen *Rübe ab!* zur Räson bringen, ohne auch nur eine einzige Verteidigungs- oder Gegenstimme zu provozieren? Die Ansichtskarte zeigte übrigens die südirische Küstenlandschaft vor meinem Fenster, Horse Island, eine von Kiefern, Kohlpalmen und Rhododendren bewachsene Friedlichkeit, eine Idylle, die allerdings Männer wie Michael Collins und andere Gründungsmitglieder der **I**rish **R**epublican **A**rmy hervorgebracht hat, aber das nur nebenbei. Ich bekam übrigens die Karte, die Ansicht meiner schönen Aussicht, in deren dahinrollenden Hügeln dieser Michael Collins dann auch von seinen eigenen Leuten erschossen wurde, aber auch das nur nebenbei, postwendend und mit einer geringfügigen Korrektur meiner Münchener Freundin zurück; es war bloß eine Veränderung der Wortstellung: Über dem *Darf* in meiner Frage stand eine 2, über dem *man* eine 1.

Darf man?

Man darf.

Ach, ich verstehe ja gut, daß es einem vor Eifer glühenden Freund des Theaters als gewissermaßen schlagender, ja bestechender Einfall erschienen sein mag, den Segen der Guillotine zu beschwören, wenn die Bühne ohnedies Danton und anderen gehörte. Schärfe, wohl auch die der Kritik, hatte ja, passenderweise, schon immer mit Schneide und Beilen und Messern zu tun, ein witziger Einfall eigentlich, schließlich wurde ja auch auf den Hinrichtungsplätzen in Paris gewiß viel gelacht – wenn irgendein fliegender Händler mit seinem Bauchladen voll Gebäck und Dörrobst in einer Lache unter dem Blutgerüst ausrutschte, der Länge nach hinschlug und sich aus den Schlieren gerinnenden Blutes wie ein triefender Braten erhob … Aber dann fragte ich mich, durchaus in Sorge um den offensichtlich hoch erregten Bürger aus Frankfurt, ob es in seiner Nähe, in seiner Redaktion oder sonstwie beratenden Nachbarschaft nicht wenigstens einen Zeugen seines Anfalls gegeben habe, der ihn hätte beruhigen können. Irgendetwas mußte wohl im Kopf des armen Mannes in Brand geraten sein, rauchte dort, loderte und wartete vergeblich auf den Löschzug.

Nun werden Sie mißtrauisch? Hinter so viel zurückhaltender Beobachtung meinerseits, meinen Sie, müsse doch noch eine andere Absicht stecken, irgendeine versteckte Bosheit? Oder eine offene Rechnung mit dem Freund der Guillotine? Vielleicht habe der blutige Frankfurter ja auch mir schon einmal nicht bloß die Rute, sondern gleich das Fallbeil ins Fenster gestellt?

Sie sind ein wacher Zuhörer. Respekt. Aber Sie irren sich: Der Mann ist mir wohl gelegentlich aufgefallen, als einer der schrillsten in jenem Chor, der nach Premieren und Sperrfristen einsetzt, soviel gebe ich zu, aber ich schulde ihm sogar Dank! Das macht die Sache ja nur schwieriger. Zunächst sage ich Ihnen aber nur: Ich hatte mit Dantons Tod nichts zu tun. Außerdem habe ich mich in meinem Leben noch nie, niemals gegen einen Kritiker öffentlich gewehrt, ja habe selbst dem nicht widersprochen, der weder meinen Namen noch den Titel eines meiner Romane korrekt wiederzugeben imstande war, von Inhalten gar nicht zu reden. Kein Protest. Kein Kommentar.

Denn noch bevor sich der erste Kritiker zu Wort meldete, hatte ich ja immer schon ausgeredet, lag, was ich zu sagen hatte, in Form eines Buches, einer Erzählung bereits vor. Natürlich ist es ein bißchen seltsam, ans Ende einer Geschichte gekommen, ausgerechnet dann zu verstummen, wenn so viele andere ihre Stimme erheben. Aber wer seine Geschichte zu Ende erzählt hat, kann nichts anderes tun, als ihr zu vertrauen und sie den Zuhörern oder Lesern zu überlassen. Jeder Versuch, das Geschriebene zu begleiten, um durch Kommentare, Appelle das schlimmste Mißverständnis zu verhindern, wäre so hoffnungslos wie lächerlich.

Und selbst wer sich alle Mühe gibt, wenigstens die barbarischsten Angriffe und Mißverständnisse oder bloße Lesefehler zu korrigieren oder zu parieren, beginnt doch sehr schnell jener komischen Figur aus Slapstickfilmen zu gleichen, die versucht, einen Klebestreifen, der sich nicht und nicht vom Hosenbein, vom Schuh oder Ärmel lösen will, loszuwerden: Plötzlich klebt dieser Streifen oder ein Zettelchen, auf dem vielleicht auch noch irgendein Schimpf- oder Scherzwort zu lesen steht, auf dem anderen Arm, auf dem anderen Hosenbein und Schuh und einmal sogar auf der Stirn, ja wandert im Verlauf eines grotesken Tanzes, zu dem alle Befreiungsversuche nach und nach geraten, allmählich über den ganzen Körper des Beklebten, der am lachhaften Höhepunkt womöglich auch noch das Gleichgewicht verliert und in einen ganzen Haufen ähnlich beschrifteter, von irgendwoher zusammengewehter Schildchen, Klebestreifen und Zettelchen stolpert, fällt und sich dann, nun endlich über und über beklebt, resignierend wieder erhebt und raschelnd davonhumpelt.

Was immer erzählt wurde, kann nirgendwo klarer, nirgendwo stärker sein als im Inneren der Erzählung.

Sie wollen Tatsachen, Fakten? In dreißig Sprachen, rechnen die Statistiker meines Verlags, seien Geschichten, die ich in meiner Sprache geschrieben habe, mittlerweile übersetzt. Diese Geschichten zu begleiten, würde bedeuten, kein weiteres Wort mehr zu schreiben, sondern allein das bereits Geschriebene zu hüten, zu kommentieren, zu verteidigen vielleicht. Dabei wären Übersetzungen in *Fremdsprachen* noch das kleinere Problem, denn selbst in meiner Muttersprache wird, was immer ich schreibe, in die Köpfe und Herzen jedes einzelnen Lesers übersetzt und verwandelt sich ein Buch, ein einziges Buch, in eine imaginäre Bibliothek, die schon bei einer relativ geringen Auflage größer werden kann als die von Alexandria.

Jeder Leser steht für eine andere, für *seine* Version meiner Geschichte und auch der Erzähler ist am Ende mit seiner Lesart nur einer unter vielen Weitererzählern, unterschieden von den vielen anderen nur durch die Tatsache, daß er den Urtext dieses Überlieferungs- und Verwandlungsspiels verfaßt hat. Aber selbst ihm erscheint ja ein und dieselbe Geschichte zu verschiedenen Zeiten seines Lebens, seines Glücks oder Unglücks, einmal als Tor zur Unterwelt, ein anderes Mal als Weg ins Freie, ja ins Paradies.

Und noch etwas: Wenn schon reden, wenn schon das Gespräch mit Zuhörern, Lesern oder Kritikern suchen, dann dürfte sich kein Erzähler bloß beklagen, sondern müßte sich, ebenso öffentlich, auch bedanken: Danke für Ihre Aufmerksamkeit. Danke für Ihre Geduld. Danke, daß Sie mir gefolgt sind. Denn das gab und das gibt es ja auch: eine geradezu rätselhafte Hingabe und Bescheidenheit, mit der Kritiker oder kritische Leser einer Erzählung manchmal zuzuhören bereit sind und sich dann auch noch an den Schreibtisch setzen, um sich in den Dienst dieser Erzählung zu stellen, sie zu empfehlen, sie weiterzutragen. Schließlich gibt es ja auch in der Kritik so etwas wie eine überspringende, ansteckende Begeisterung, die Überlieferung und Weitererzählung fördert und so den Erzählraum vergrößert.

Aber bemerkenswerterweise wird im gleichen Ausmaß, in dem Ablehnung gelegentlich zur Lynch- und *Rübe ab!*-Empfehlung pervertiert, auch die Zustimmung ins Hymnische gesteigert. Und manchmal sind es wiederum die Hymnen, die Widerspruch provozieren: je größer das Lob, desto heftiger die nach dem Fest einsetzenden Gegenstimmen – ein ziemlich verschlissener Antagonismus. Klar, wer will sich denn als fünfzigster oder zweiundachtzigster Gratulant mit einem Blumenstrauß einstellen, wenn Applaus und Dankbarkeit einer bereits gelangweilten Festgesellschaft weitaus sicherer sind, wenn dem Jubilar oder der Jubilarin ein solcher, bereits dürr gewordener Riesenstrauß einfach ins Gesicht gedrückt und dort wie eine Reisbürste ein bißchen bewegt und gedreht wird. Je wilder, desto lustiger! *Zurechtgerückt*, heißt es dann unter Umständen auf den Rängen der literarischen Schlachtenbummler – *zurechtgebürstet*, Augen geöffnet, mäßigend eingegriffen, Zweifel angemeldet … Aber was sage ich Ihnen, Sie kennen das ja.

Nein, ich bin keine Ausnahme und bin wahrscheinlich ebenso leicht zu beleidigen, und ebenso bestechlich und durch Lob weich und immer weicher zu kriegen wie der Nächstbeste, nehme aber für mich in Anspruch, wenigstens manchmal und versuchsweise Lobliedern ebenso mißtraut zu haben wie der Verfluchung: eine Immunreaktion.

Möglicherweise schon damals aus Gründen des Selbstschutzes, war ich auch als Verfasser von Reportagen kein eifriger Zeitungsleser. Manchmal vergingen zwischen einzelnen Lektüren Wochen, ja Monate, in denen ich viel lieber und ausschließlich Bücher las. In Java, in Osttibet, in den Wüsten Nordindiens oder auf einer indonesischen Insel und nun und erst recht an manchen Abschnitten der irischen Südwestküste wäre ja der bloße Versuch ein Abenteuer für sich, irgendwo ein deutschsprachiges Feuilleton, eine Literaturseite aufzutreiben, und *online* – mittlerweile finden sich Internetcafés ja selbst in Regenwaldgebieten und vergletscherten Hochtälern – *online* beschaffe ich mir nur Informationen und Nachrichten, keine Kommentare oder Weisheiten zum Tag. Und ebenso schwierig, wie es, sagen wir in einem Tamilendorf an der Ostküste Sri Lankas oder irgendwo in Amazonien oder Papua Neuguinea wäre, sich seinen Gastgebern oder einer Militärkontrolle am Checkpoint als gefeierter Schriftsteller vorzustellen, wäre doch auch der Versuch, etwa einem Mahout, der gerade einem Arbeitselefanten in einer Teakholzplantage seine Kommandos zuplärrt, ganz genau zu erklären, wie gemein man in der *Hessischen Bäckerzeitung* oder im *Wiener Meerschweinchenjournal* vom vergangenen Dienstag oder gar in der Wochenendbeilage behandelt wurde. So gemein. In der Wochenendliteraturbeilage.

Also gut, es kann tatsächlich manchmal ziemlich schwierig werden, den schützenden Kokon einer Erzählung abzustreifen, aus einer Geschichte wieder herauszutreten und dann alle ihre Figuren kommentarlos, wehrlos dem Verständnis oder Mißverständnis zu überlassen, Figuren, die einen möglicherweise jahrelang begleitet haben und deren Leben man mit allen seinen zur Verfügung stehenden Mitteln zur Sprache gebracht hat. Schließlich findet man sich ja von den Gestalten der eigenen Phantasie oft nicht anders umgeben, beschützt oder umlagert wie von leibhaftigen Menschen – auch die bewegen sich ja die meiste Zeit nur in meinem Kopf, meiner Erinnerung, meiner Sehnsucht oder Wut – jedenfalls nicht in meiner körperlichen Nähe.

Man verläßt vieles, auch diese Schar von Vertrauten, wenn man den Ausgang, das Ende einer Geschichte gefunden hat. Und verliert dann auch noch seine Stimme! Alle anderen beginnen zu reden, und ich, ich verliere meine Stimme, weil ausgerechnet ich nun nichts mehr für meine Figuren tun kann, ja, ich verwandle mich nun selber in die triumphale oder jämmerliche Gestalt von Geschichten, die man sich im Feuilleton, an Lese- oder Seminartischen über mein Vermögen und Unvermögen zu erzählen beginnt. Ich habe meine Geschichte erzählt. Was soll ich jetzt und dazu noch sagen? Ein komisches Bild die Vorstellung, daß etwa einer der Erzähler auf dem Jemaa el Fna am Ende seiner Geschichte den in alle Himmelsrichtungen davonlaufenden Zuhörern nachrennt, um zu prüfen, ob sie denn auch alles richtig verstanden hätten, und dann den armen Leuten mit Vorträgen, Verteidigungsreden, Lob- oder Schimpfreden durch die Souks folgt und sie verfolgt bis in ihre Häuser und Heimatdörfer oben in den Bergen …

Und dennoch hängt nicht nur für das bloße Befinden eines Erzählers, sondern auch für seine Fähigkeit, weiter zu erzählen, viel davon ab, wie er mit Zuspruch oder Verfluchung, Applaus oder Empörung, die ihn am Ende seiner Geschichte erwarten, umgehen kann. Die Sucht nach Lob wird dieser Fähigkeit dabei ebenso schaden wie die Angst vor möglichen Protesten oder den seltsamerweise immer noch gebräuchlichen *Buhs!*, die für mich – zumindest als Kindheitserinnerung – immer mehr mit der Transkription eines Furzgeräusches zu tun hatten als mit dem Ausdruck einer Meinung. *Buh* war in meinen Kinderjahren der Name für einen Furz: Ein verbotener Reim, den wir einander zukicherten, wurde von einem Kapuzinerpater im Religionsunterricht sogar auf die Liste der läßlichen Sünden gesetzt und in den *Beichtspiegel* aufgenommen:

Salomon der Weise spricht:
Laute Buhe stinken nicht.
Aber diese butterweichen
Die leise durch die Hose schleichen
Kind, vor denen hüte dich!
Denn sie stinken fürchterlich.

Es hat mich in eine geradezu verrückte Begeisterung versetzt, wenn ich mir während legendärer Radioübertragungen aus dem Linzer Landestheater oder von den Salzburger Festspielen, die mein Vater auf dem Küchensofa liegend hörte, vorstellen durfte, ungestraft vorstellen durfte, wie festlich gekleidete Menschen, Herren im Abendanzug oder Frack, mit Hemdbrust und Fliege, Damen in bis zur Atemlosigkeit ausgeschnittenen Roben, sich am Ende einer Vorstellung in hundsordinäre Rabauken verwandelten, die mit ihren duftenden Mündern ein Arschloch nachformten und damit *Buh! Buh!* tröteten.

Wie *ich* mit Empörung, Protesten verfahre? Ich gehe auf und davon. Das ist Ihnen zu wenig? Nun, abgesehen von der Flucht ins Innere einer neuen Geschichte oder einfach in jenes Blau, in das keine lokale Bedeutung und Wichtigkeit zu retten oder gar mitzunehmen ist, habe ich im Lauf der Jahre auch eine recht vergnügliche Art gefunden, selbst Kröten zu schlukken. Der Name dieses unpatentierten und durchaus zur Nachahmung freistehenden Verfahrens heißt *Zwergenkalender*. Wer *buht*, wird schon allein aus psychohygienischen Gründen und gemäß den Regeln meiner kindlichen Begeisterung in ein *Zwergenkalender* überschriebenes Verzeichnis aufgenommen. Und das kommt und das geht so:

Zu den vielen bemerkenswerten Geschenken, die mir meine wunderbare Großmutter Theresia Dopf selig, geborene Moshammer, im Laufe eines Kirchenjahres machte, gehörte auch die um Weihnachten höchst erwartete Gabe eines Zwergenkalenders: ein blaues Büchlein von der Größe einer Brusttasche, voll von Zeichnungen und Geschichten, in denen ich jene Welt, die ich für die der Erwachsenen hielt, die wirkliche, richtige, wichtige Welt, maßstabgetreu zur Zwergenwelt verkleinert wiederfand – Könige, Kanzler, Feldherren, Krieger und unverstandene Erfinder, Geistesgrößen, Künstler, Professoren – alle in Mäuseriche, Froschprinzen, Waldgeister oder sprechende Würstchen verwandelt. Der sogenannte Ernst des Lebens und mit ihm vieles, was ich erst nach und nach kennenlernen sollte, kam mir aus diesem Kalender übersichtlich, weil auf Moos- und Kieselgröße oder noch niedlichere Formate reduziert, entgegen und zeigte, daß es so gut wie nichts gab, nichts, das nicht *auch* typisch zwergenhaft, verschwindend, winzig und unter Umständen eben lachhaft sein konnte.

Sie haben noch nie von diesen Kalendern gehört? Dabei werden modifizierte, aber als Nachfolgeeditionen gerade noch erkennbare Ausgaben dieses Kalenders immer noch verkauft! – Im Schriftenautomaten der Wiener Kapuzinerkirche, ja!, gleich neben dem Abgang zur Kaisergruft, der *Kapuzinergruft* Joseph Roths!, dem Grab Maria Theresias und Kaiser Franz Josephs und Zitas, der letzten Kaiserin Europas ... Ja, natürlich, das können Sie nachprüfen! Zwei Euro kostet das Stück.

In seiner alten, tiefblauen, archaischen Form wird dieser Kalender allerdings nur noch von mir und als Geheimschrift weitergeführt, als Schmier- und Kritzelheft zum ausschließlich persönlichen Gebrauch. Eine Art Totem, das mich verläßlich vor Amokphantasien und anderen rabiaten Anwandlungen bewahrt ... Denn wer sich mir aufdrängt, wer sich auf meine Kosten bedienen will und seinen Namen samt irgendeinem Schimpfwort oder einem sogenannten *Verriß* über eines meiner Bücher zu kleben versucht, dem wird von mir nicht widersprochen, der wird auch nicht bekämpft und nicht zurückbeschimpft, sondern einfach im Zwergenkalender archiviert und büßt durch seine Verbannung ins Reich des Kleinen zumindest an Größe ein. Genau, Sie sagen es, wer wird denn einem Zwerglein böse sein?

Aber nein!, ich rede hier nicht von Menschen, die von meinen Erzählungen oder Romanen bloß gelangweilt, nicht über die ersten Seiten hinausgekommen sind oder selbst mit diesen nichts anfangen konnten – ich sage Ihnen noch einmal: ich hatte nie die Illusion, als Erzähler einer für alle zu sein – nein, ich rede hier von Leuten, die mit ihrem Gezeter und Geschrei andere davon abhalten wollen, auf dem Jemaa el Fna wenigstens bis dorthin weiterzugehen, wo ich stehe oder hocke und meine Geschichte erzähle.

In meinem Kalender erscheinen aber selbst die wüstesten Aufpasser und Platzordner ganz niedlich und jedenfalls nicht in ihrer Arbeitskleidung, in irgendeiner häßlichen Uniform oder gar in Gespensterkostümen, sondern in ihrem Sonntagsstaat!, ausschließlich in dem, was ihnen am besten gefällt, was sie lieben und preisen – und was kann einem Richter denn besser gefallen als sein eigenes Urteil, sein eigenes *Werk*? Ich kleide meine Zwerge also in ausgesucht schöne Stücke aus ihrer eigenen Garderobe.

Kindisch, sagen Sie? Notwehr, sagen Sie?

Ja, natürlich ist das auch eine Art von Notwehr,

aber wenn Sie andere Formen der Notwehr in Betracht ziehen, ist meine doch recht unblutig, geradezu idyllisch weit entfernt von Richtplatz und Fallbeil und insgesamt höchst menschen- beziehungsweise zwergenfreundlich, finden Sie nicht?

Beispiele? Sie wollen Beispiele?

In meinem Zwergenkalender blättere ich lieber allein, aber ich nehme an, solche Vorlieben werden Sie nicht einfach hinnehmen … Wenn Sie also nicht auf der Nennung von Namen bestehen …, schlagen Sie eine beliebige Seite auf … hier, der zum Beispiel, der mit dem nur ganz leicht verkniffenen Gesicht unter seiner Maronenpilzmütze, das ist ein Dichter aus Wien, den ich vor Jahren geschrumpft habe.

Ein Elefantengedächtnis? Sie unterstellen mir ein Elefantengedächtnis? Natürlich habe ich das, jeder, der sich mit dem Erzählen von Geschichten beschäftigt, bedient sich doch dieser Art von Gedächtnis.

Ich lenke ab?

Also gut, der unter der Maronenpilzmütze: Wie viele Schreibende in Wien hat sich auch dieser Wiener Dichter irgendwann eines ebenso oft wie gerne zitierten Wortes von Karl Kraus bedient und mir auf diese Art über eine lustigerweise punschkrapfenrosa eingefärbte Zeitung ausrichten lassen (meine Großmutter überreichte ihre Kalender nämlich stets mit einer Kollektion garantiert alkoholfreier Punschkrapfen), daß mein leider sehr übel geschriebener Roman *Morbus Kitahara* erst noch »ins Deutsche zu übersetzen« wäre.

Die angebotenen und mir per Belegexemplar in Rosa übersandten Deutsch- und Übersetzungsproben des Dichters haben mich damals so beeindruckt, daß ich seinen Vorschlag schon annehmen und – voll Vorfreude – den Klang einer entscheidend verbesserten Version meines Werkes kennenlernen wollte. Am besten, dachte ich damals, geschieht das ja wohl über ein Lese- oder Lehrbuch, in das gewöhnlich nur beispielhafte Sätze Eingang finden. Und tatsächlich fand ich mit Hilfe meines jüngeren Bruders, der als Lehrer auch eine Leihbibliothek am oberösterreichischen Traunsee betreut, in einer als *Österreichisches Lesebuch* untertitelten Fibel ein Stück Dichtung des Dichters, das mir vorführte, wie mein Roman in seiner Übersetzung klingen könnte. Musik! Denn in einer Abhandlung, die mit *Der Apfel* überschrieben war, fand ich schon als ersten Satz ein kaum zu übertreffendes Sprachwunder:

»Da es, und auch mir, um den Apfel geht, ist ringsum der Apfel eine runde Sache, die sich um sich selbst, und also auch ihr Ding so sattsam dreht, und meinetwegen fruchtbar wohlgeraten in den ihm eigenen Sinn, den Saft, in all den Namen köstlich.«

Kapiert? Ich war von diesem, wie soll ich sagen?,

prunkenden Nebeldeutsch ähnlich begeistert wie zu Zeiten der legendären Radioübertragungen der *Buh*-Chöre aus dem festlichen Salzburg. Aber was für eine Enttäuschung, als ich wieder einmal aus dem Feuilleton der *Frankfurter Allgemeinen Zeitung* erfahren mußte, daß der Dichter sein Angebot schon anderweitig umgesetzt und nicht! meinen Roman, sondern die Sonette Shakespeares »ins Deutsche« übertragen und mir damit die Originalität einer möglichen Kooperation verwehrt hatte.

Natürlich glaubte ich kein Wort, als in dieser Nachricht die Übersetzung des Dichters als »schlechteste aller Zeiten« verschrien wurde, ich wußte ja, was von solchen Urteilen zu halten war: Neid, alles nur Neid, da war irgendwer neidisch geworden, weil ein Wiener Dichter die Idee gehabt hatte, einen englischen Dichter ins Nebeldeutsche zu übertragen. Aber unser Projekt war erledigt. Ich hatte das Nachsehen. Ich war eben nicht Shakespeare. Was konnte ich anderes tun als den Mann in seine schönsten Sätze zu kleiden und in meinen Kalender aufzunehmen?

Wie …? Der hier …, der kommt Ihnen auch bekannt vor?

Welcher …? Machen Sie mir bloß keinen Fleck auf das Blatt. Wen meinen Sie?, ach, den …

Was kommt Ihnen an dem bekannt vor? Ah, das rote Köpfel. Die Aufgeregtheit.

Der Rotkopf: Ihre Vermutung war richtig. Das ist tatsächlich der geschrumpfte Frankfurter Freund der Guillotine. Wie? Nein, glauben Sie mir: mit der von dem Herrn aus Frankfurt dem Scharfrichter empfohlenen Münchener Büchner-Inszenierung hatte ich wirklich nichts zu tun, die *Rübe-ab*-Geschichte fiel mir als zufälligem Nutznießer des Zeitungsangebots eines Fluges von London nach Berlin auf…

Hm … Also gut, ich will Ihnen nicht länger verheimlichen, daß der Herr aus Frankfurt sich nicht nur über Dantons Tod, sondern auch über meine Existenz und eine von mir geschriebene, bei den Salzburger Festspielen unter der Regie des Burgtheaterdirektors a.D., Claus Peymann, uraufgeführte Tirade auch schon einmal derart ärgern mußte, daß er mich zwar nicht zum Henker, aber doch aus der Theaterwelt wünschte und Text, Regisseur, Schauspieler, Autor, Bühnenbild, wohl auch das blödsinnig applaudierende Publikum und erst recht die vertrottelte Kritikerjury, die diesem Dreck am Ende auch noch einen Dramatikerpreis zusprach, kurz gesagt: alles, einfach alles an dieser Salzburger Zumutung, als »Theaterkatastrophe« empfand.

Naja, der Herr aus Frankfurt hatte immerhin beste, sozusagen geheimdienstliche Informationen. Er kannte sogar die Entstehungsgeschichte dieses Unsinns, den ich *Die Unsichtbare. Eine Tirade an drei Stränden* genannt hatte, ja!, ich sag's Ihnen doch, er kannte jedes Wort einer Unterhaltung zwischen mir und dem Burgtheaterdirektor a.D. und demonstrierte den Lesern seiner Zeitung in einer Art Abhörprotokoll, daß er diese Vorgeschichte in ein lustiges Dramolett zu fassen imstande war. Während einer von mir und dem Theaterdirektor a. D. gemeinsam unternommenen Wanderung, auch davon wußte er, habe also Peymann »unter Keuchen und mit roten Backen dauernd geschrien: ›Schreiben Sie ein Stück, Ransmayr!‹« Und während wir »auf einem abgesägten Kiefernstamm saßen und die mitgebrachten Romadur-Käsesemmeln verzehrten«, hatte ich von einer griechischen Königin, nämlich von »Alcyone aus Ovids Metamorphosen« gesprochen – »Wissen Sie, Peymann, die ich für meinen Roman ›Die letzte Welt‹ schon ausgeschlachtet habe« (...) »Und Peymann war geplättet und schrie: ›Schreiben Sie dieses Stück, Ransmayr!‹« Und so wurde dieses Stück »leider wirklich geschrieben«.

Es tat mir ja leid. Was hatte ich bloß zusammengestoppelt, was besser ungeschrieben geblieben, besser gleich wieder vergessen worden wäre, gestrichen, eingestampft. Der Herr aus Frankfurt hatte ja seine Empfehlung durchaus selbstlos abgegeben, denn nach der Vernichtung, Guillotinierung alles Mißliebigen am Theater bliebe doch auch ihm nur die Lobrede. Aber wer will ständig Lob hören? Der Mann war also bereit, sich und sein Auskommen als Kritiker zu opfern, ja, wollte lieber auf das eigene Brot verzichten, als noch einmal eine Pressefreikarte auf diese furchtbare Art abzusitzen. Es war die Geschichte einer Schande: Der Gute war in der Sommerhitze des Jahres 2001 aus Frankfurt angereist, um die Uraufführung einer Unsichtbaren zu sehen – und dann das … Ich kann zu meiner Entschuldigung nur sagen, daß es geradezu eine Verkettung mehrerer unglücklicher Umstände war, die den Reisenden in Rage versetzen *mußten*. Es hatte schon mit einem Mißverständnis begonnen. Und das kam so:

Auf Reisen, auch ins deutschsprachige Ausland, kann es durchaus geschehen, daß man sich plötzlich und vergeblich an die Bedeutung eines Wortes zu erinnern versucht. Im vorliegenden Fall wollte dem Herrn aus Frankfurt nicht und nicht einfallen, was das Wort Tirade eigentlich bedeutet. Endlich und irgendwie kam er zu dem Schluß, daß *Tirade* wohl etwas mit Haß und Verzweiflung zu tun haben müsse, erwartete am Premierenabend folgerichtig einen »großen Wutmonolog« und war dann natürlich empört, so grob enttäuscht zu werden: »Man müßte«, schrieb er anderntags, »man müßte da einen abgrundtiefen Haß spüren, eine tolle Verzweiflung …, jeder Zungenschlag ein Hieb«.

Aber nichts davon an diesem unseligen Abend. Wenn er bloß das Wörterbuch eingepackt hätte. Es hätte ja nicht gleich das schwergewichtige, vielbändige Grimmsche sein müssen, denn weder in diesem noch in irgendeinem kleineren und nicht einmal dem schmalsten Lehrbehelf der deutschen Sprache stand im Zusammenhang mit der wörtlichen Bedeutung von Tirade jemals etwas von *Haß* und *Verzweiflung*. Den Haß mußte man schon immer in einem zweiten Hauptwort ankleben: *Haßtiraden*, die gab und die gibt es wohl. Aber ohne Kleberei blieb eine Tirade seit je bloß ein Wortschwall, Worterguß, alles ein bißchen übellaunig und über etwas *herziehend*, woran der französische Wortstamm von *tirer* durchaus erinnern kann, aber Haß und Verzweiflung klingen anders.

Aufhören, sagen Sie? Haarspalterei, sagen Sie? Entschuldigen Sie. Ich dachte ja nur …, ich dachte, Schreiben, schon gar das Schreiben von Überschriften und natürlich auch das von Untertiteln hätten immer auch mit der genauen Bedeutung von Worten zu tun. Seien Sie nicht zu streng mit mir.

Langwierig?, umständlich und langwierig? Ich weiß, aber ich bemühe mich doch um Aufarbeitung, Bewältigung einer Katastrophe und bitte um Nachsicht für das dabei unvermeidlich rauchende Abbremsmanöver des Erzähltempos. Die Geschwindigkeit der Aufklärung ist eben das Schneckentempo. Ist das meine Schuld?

Ein Widerspruch? Ich hätte doch behauptet, in der Schuld dieses Herrn aus Frankfurt zu stehen, ihm für etwas dankbar zu sein? Aber ja, das bin ich doch auch.

Dankbar für die Lebensregel etwa, daß man über der Liebe zur Guillotine leicht den Kopf verlieren kann; dankbar auch für noch schlichtere Weisheiten wie jene, daß man immer ein Wörterbuch, auch eines in der Muttersprache, bei sich tragen, es möglichst nicht verlieren und sehr laut nur über jene Vokabel reden sollte, deren Bedeutung man zweifelsfrei kennt. Apropos Belehrung: Ich erinnere mich an eine meiner Lateinstunden bei den Benediktinern im Kloster von Lambach, in der ein Mitschüler *Dominus vobiscum* mit *Herr, wo bist du* übersetzte. Klang ja auch irgendwie ähnlich, wurde von einem gütigen Professor aber mit der Notiz »Wegen großem Unterhaltungswert außer Konkurrenz« weder gut noch schlecht, sondern gar nicht benotet.

Salzburg. Ach ja, Salzburg, die drei Strände, die Tirade einer Unsichtbaren …, wie gesagt, eine Verkettung unglücklicher Umstände, aber ich frage Sie, was blieb mir anderes übrig, als den Besucher aus Frankfurt zu schrumpfen? Und erst einmal aufgenommen in meinen Kalender, mußte er selbstverständlich entsprechend sonntäglich aus seiner eigenen Garderobe ausstaffiert werden. Wovon, fragte ich mich, sprach der Herr eigentlich, wenn er schrieb. Und er schrieb! Er schrieb tatsächlich selber Bücher. Eines, zum Beispiel, war unter dem Titel *Traumtheater. Vierundvierzig Lieblingsstücke* erschienen. Ein

Hauptwerk. Wie groß, fragte ich mich besorgt, muß ein Herz wohl sein, das gleich vierundvierzig Lieblinge darin einschließen kann. Drohten hier möglicherweise Beschwerden? Asystolen? Infarkt? Aber abgesehen davon, daß sich die Großherzigkeit, hier darf ich wohl sagen *meines!* Frankfurters möglicherweise als pochendes Gegengewicht zu seinen gelegentlichen Haß- und Verzweiflungsanfällen mitzuteilen schien, verriet dieses große Herz auch geheime Sehnsüchte.

Verzeihen Sie mir, hier sitze ich und kann nicht anders: Obwohl in Irland zu Hause, kann ich doch mein Verhältnis zu Wien, kann ich meine Wiener Jahre und damit auch psychoanalytischen Anwandlungen nicht ganz verdrängen. Denn woran als an ein verborgenes Sehnen ist wohl zu denken, wenn es gleich zu Beginn dieser vierundvierzig Lieblingsstücke heißt: »Der Dichter sieht nicht so aus wie wir. Aber wenn wir nicht so aussähen, wie wir aussehen, möchten wir so aussehen wie er.« Und woran ist zu denken, wenn wir am Ende dieses Hauptwerks, noch im letzten, allerletzten Absatz auf eine – wieder dem Dichter gewidmete! – Prophezeiung stoßen: »Die Frauen werden ihn nie verlassen, ihm ewig zuhören, mit ihm leiden. Und mit ihm genießen. Ach.«

Lachen Sie nicht. Ich rede vom großen Traum. Wenn Sie sich ein bißchen erleichtern wollen, dann von mir aus im Umfeld der heroischen Suche des Herrn, was sage ich: des Dichters, aus Frankfurt nach einem Synonym für so ordinäre Worte wie *Vorrede, Motto, Vorwort* undsoweiter. Denn diese Suche, möglicherweise wieder ohne Wörterbuch oder gar Thesaurus unternommen, führte zu einer sprühenden Idee: »Vorlust«.

VORLUST!

Und unter dieser Vorlust hing ein halb zitierter, halb dem Hauptwerk anverwandelter, programmatischer Satz: »Ich zimmere in meiner Einbildung ein ungeheures Theater.« Das kann natürlich nicht ohne Baulärm abgehen: »Draußen heulen die Sägen, krachen die Äxte.« Und natürlich muß auch das Baugeschehen selbst in einer hochdramatischen Landschaft stattfinden: »schwarz-bizarr erstarrte Lavamassen, die ausschauen wie giftig sich um die Erde windende Gesteinsschlangen«.

Sie finden das nicht lustig? Ich muß Ihnen gestehen, daß mich allein über dem Wort *Vorlust* – ich konnte auch hier meine ländliche Herkunft und meine Freude an Zoten nicht unterdrücken – eine geradezu wollüstige Vorstellung ergriff: ein Zwerglein, das mit einem bereits tropfenden, »schwarzbizarr erstarrten« Schwänzchen vor dem »ungeheuren Theater« steht, einer nackten, gebirgsbusigen Riesin, und tröpfelnd zu ihr emporschmachtet.

Ach, den hier, den hier kennen Sie auch?, den Kleinen mit Krone und Schnabelschuhen? Richtig, er lebt und wirkt in München, der Stadt der Kaiser und Könige – König Ludwig, Kaiser Franz – geradezu eine Metropole des imperialen Adels. Der Kronenzwerg mußte sich, auch er bereits vor vielen Jahren, über meinen Roman *Die letzte Welt* derart giften, daß er meine literarischen Bemühungen in guter alter großdeutscher Lazarettsprache als »Geniesimulantentum« entlarvte. Einer, der schon früh erkannte, daß die literarischen Salons an mir keinen Dichter, sondern bestenfalls einen Simulanten finden würden.

Aber ich, so jung, war damals natürlich noch nicht so einsichtig und habe mich gegrämt. Schließlich bezog der Herr aus München sein Urteil auf ein Wort aus meinem Roman, das per eingelegtem Erratazettel als *Druckfehler* gekennzeichnet war. Ichweißichweiß, wer kann denn schon alles lesen, was in einem Buch zu lesen steht, schon gar, wenn man in Zeitnot ist und kurz vor Redaktionsschluß auch noch über das Ding schreiben soll. Alles lesen!, und dann vielleicht auch noch eingelegtes Zettelzeug. Der Druckfehler bewies jedenfalls, daß ich schon damals alles, alles mögliche war, nur kein Dichter und möglicherweise alles mögliche konnte, nur nicht schreiben. Aber wer hört solche Wahrheiten schon gerne? Ich bitte um Nachsicht. Es gab ja tatsächlich eine Zeit, auch das gestehe ich hier, in der ich lieber, viel lieber als ein ordinärer Tourist Dichter, auch ein Dichter! geworden wäre. Wütend und schwer verletzt, nahm ich mir vor, den

Mann bei nächster Gelegenheit zur Rede zu stellen, vielleicht sogar zu ohrfeigen, ich war, wie gesagt, noch jung und beseelt von einem unstillbaren Drang zur Poesie. Aber ich kam so selten nach München. Und dann traf ich den Feind unvermutet auf einem Geburtstagsfest:

Wie lieb er war. Er stellte sich höflich vor und nahm mir gleich den Wind aus den Segeln, ja öffnete mir die Faust, indem er vorausschickte, ich würde wohl nicht mit ihm reden wollen. Aber nein, ich wollte doch, ich wollte ja reden. Neinnein, sagte ich also, und mußte nicht einmal lügen und ließ mich sogar dazu hinreißen, dem Mann zu widersprechen, als er sein schriftliches Urteil in großzügiger Plauderlaune und umflackert von sechzig für einen gemeinsamen Freund entzündeten Geburtstagskerzen einschränken wollte.

War es die stets besänftigende Nähe dieses Freundes? War es etwas anderes, noch Geheimnisvolleres? Ich kann Ihnen hier und heute nicht mehr sagen, was es eigentlich war, das alle meine pubertären Amokphantasien und Rachegelüste neutralisierte und schlagartig außer Kraft setzte, aber ich glaube immer noch, daß es etwas mit den Schuhen des vermeintlichen Feindes zu tun hatte, ja, mit seinen Schuhen!

Ich war damals nämlich von einer Reise durch Japan und per Taxi direkt vom Münchener Flughafen und noch in den Turnschuhen eines Langstreckenfluges zu der in einem Palais versammelten Festgesellschaft gestoßen und suchte wohl auch deshalb und unbewußt nach saloppen Garderobenverwandtschaft unter den abendlich dunkel gekleideten Gästen. Und wohl auch nur deshalb fiel mir sofort auf, daß mein Vernichter, mein Todfeind, cremefarbene Schuhe mit Kreppsohle! trug – ein Modell aus einer schnürsenkellosen, sogenannten *Schlüpfer*serie, wie ich sie bis dahin gelegentlich in Seniorenheimen gesehen hatte, weiche und robuste, aber quietschende Gesundheitsschuhe, in denen traurige Alte durch lange Gänge und Schwaden abgestandener Küchen- und Krankenzimmergerüche wanderten, *skrieetsch!* an Fenstern vorüber, die im besten Falle Parkidyllen oder asphaltierte Spazierlandschaften einrahmten, *skrieetsch!*, jeder Schritt, jeder Sohlenjammerlaut eine Erinnerung an verlorene Zeiten. Ich war, ich sage es hier ganz offen, gerührt. Der Verleumder, den ich zur Rede stellen, demütigen, ohrfeigen, anbrüllen wollte – trug cremefarbene Kreppsohlenschlüpfer und entwaffnete mich in diesem Schuhwerk so nachhaltig, daß ich seit jenem Abend nur noch eine leicht melancholische Sympathie für ihn empfinden konnte.

Was für eine Erleichterung, sage ich Ihnen, was für eine Erleichterung, wenn aus Haß und Rauflust so etwas ähnliches wie Mitgefühl wird. Und was für eine Erleichterung, nicht nur die Namen von Angreifern und Verleumdern, sondern auch die ihrer Zeitungen oder den Briefkopf manchmal einfach zu vergessen, unter dem eine Beleidigung zu lesen war, alles zu vergessen und sich wieder und endlich einer neuen Geschichte zuwenden zu können – und sei es nur einer aus dem Altersheim.

Veröffentlichen? Nein, natürlich würde ich kein einziges Blatt aus meinem Zwergenkalender jemals veröffentlichen, wo denken Sie hin?

Dick, ganz schön umfangreich sei der Kalender? Natürlich ist er dick, ich bin ja auch nicht mehr der Jüngste. Aber Sie sollten erst einmal mein Lobgesangsbuch sehen …, nein, das sollte ein Scherz sein, auf gar keinen Fall: Der Lobgesang ist mein geheimes Laster und muß unter dem Tisch bleiben.

War es die Natur, die jenen Mechanismus in Kraft gesetzt hat, mit dem sich nicht nur der Rauhhaardackel, sondern auch der Philosoph, Tourist oder Dichter den Angreifer eher vom Hals hält als den Lobredner? Lob oder zumindest höfliches Schweigen, denken ja auch die größten Denker, stünden ihnen nach Jahren des Nachdenkens und Schreibens ohnedies zu.

Was!? Sagen Sie das nochmal. Der Zwergenkalender eine lohnende Aufgabe für einen Nachlaßverwalter? Eine ekelhafte Vorstellung …, Sie haben richtig gehört, widerlich! Kalender oder Tagebuch, Korrespondenzen, Schmierzettel, Notizhefte, alles, was meinem Selbstverständnis und allein dem privaten Gebrauch dient oder irgendwann gedient hat, ist selbstverständlich niemals – und schon gar nicht nach meinem Tod – für die Öffentlichkeit bestimmt, verstehen Sie? Nichts, was ich nicht selber zur Veröffentlichung geschrieben oder zum Druck befördert habe, soll jemals erscheinen! Und wer diesen Willen, den Sie durchaus als meinen ersten und letzten nehmen können, verletzten will, dem sollen die Hände abfaulen, die er sich auf meine Kosten reiben möchte.

Wenn einer erzählt, dann haben wir doch nur seinen Willen, mit dem *er* unterscheiden und allein er! entscheiden soll, was er nur zu sich selbst und was er seinen Zuhörern oder Lesern sagen will.

Ich würde mich zu wichtig nehmen, meinen Sie? Ich bitte Sie!, das ist doch keine Frage von Wichtigkeit, was heißt hier *Bedeutung*. Wenn Sie jemals einen verständigen Blick in die Literaturgeschichte geworfen haben, müßten Sie doch wissen, daß nicht nur Dichter, sondern auch Touristen wie ich, dochdoch, jeder, der nur einen halbwegs geraden Satz zu schreiben imstande ist, spätestens mit seinem Tod und der damit erfolgenden Schließung seines Werks ein Fall für die Literaturgeschichte, ein Fall für die sogenannte Forschung wird. Erst das Werk einer Leiche wird doch, weil so verführerisch abgeschlossen, so abgerundet!, so mondän definitiv, zu einer echten Versuchung selbst für den keuschesten Seminaristen.

Es ist ja fatalerweise Mode geworden, alles, was ein Erzähler jemals geschrieben hat, noch das Privateste, Unfertige, probeweise Hingekritzelte, nach seinem Tod an sein *Werk* zu schrauben und so indirekt von allen gerade noch lebenden Erzählern zu verlangen, sie sollten sich verhalten, als würden sie in der nächsten Sekunde vom Schlag gerührt und müßten – und zwar pronto! – alles selber vernichten, von dem sie nicht überdauert werden wollen. Was ich für mich und allein zu meinem eigenen Gebrauch und Selbstverständnis verwende, gibt doch keinem dieser Heimwerker und Hausdurchsucher das Recht, ohne weiteres mein im Diesseits liegengebliebenes Gepäck zu durchwühlen oder meine schweinischen Briefe zu lesen.

Nein, eben nicht! Sie irren sich: So wie die zauberische Pause, die Augenblicke der Stille, Musik, Melodie, Rhythmus erst möglich macht, bestimmen auch das Weggelassene, das Verschwiegene, das Ungeschriebene Wert und Charakter des Veröffentlichten wie des bloß mündlich Überlieferten. Und wer mit sich selber spricht, um das, was er erzählen will, zu prüfen und zu verbessern, darf natürlich dabei stottern, lallen, brüllen, aber wer jeden Seufzer oder Grunzer aufdonnern, zum Werk erklären und seine Suppe auf einem Abfallhaufen kochen will, ist und bleibt ein Stinker, selbst wenn ich oder meine Reste längst durch die Abzüge irgendeines Krematoriums verraucht sind.

Ich will eines Tages verbrannt werden! Das können Sie auch gleich notieren. Am liebsten unter freiem Himmel wie die Toten im Tempelbezirk von Katmandu auf den Scheiterhaufen der Ghats am Bagmatifluß, denen die Feuerhüter Gras aus dem Himalaya auf den brennenden Körper streuen, damit der Rauch die Schrecken des Verfalls gnädig verhülle. Aber wenn das Verschwinden unter freiem Himmel hierzulande oder anderswo an jenem Tag immer noch mit Abgasvorschriften kollidieren und deshalb verboten sein sollte, dann muß mir das nächstbeste Krematorium recht sein. Und nochwas, notieren Sie: Wenn auf meiner Urne, einem Partezettel, einem Grabstein oder irgendeinem anderen Untergrund, der noch ein bißchen länger als ich selber bleiben darf, etwas zu lesen stehen soll, dann unter zwei Jahreszahlen und meinem Namen nicht mehr als *Auf und davon.*

Aber genug von der Zukunft und hoffentlich noch fernen Tagen, genug auch von Zwergen. Wie? Danke, man lebt. Und man lebt gerne. Manchmal, und das hat wohl doch schon mit dem Alter zu tun, habe ich ein bißchen Heimweh nach den Originalen meiner Zwergenkalender, die aus meinem Leben leider ebenso verschwunden sind wie die wunderbare Theresia Dopf, geborene Moshammer, und ihre Märchenbücher und Erzählungen. Geblieben ist mir von dieser gütigen Frau, die, als sie ihren Mann und ihren ersten Sohn zu Grabe tragen mußte, selber noch jung und (wie mir ein Packen weiß gezackter Fotografien beweist) schön war, ein in roten Samt gebundenes Poesiealbum und ein Barometer, das schon zu ihren Lebzeiten immer auf *Sturm* stand. Sie klopfte manchmal mit dem Knöchel ihres Zeigefingers ans Glas des Instruments, eine Gewohnheit aus der Zeit der Funktionstüchtigkeit, aber *Sturm!* Sturm war und blieb bis zu ihrem Tod die einzige, ebenso monotone wie beharrliche Prognose.

Was denn überhaupt *bleiben* wird, fragen Sie?, bleiben von den vielen Gedichten, Romanen, Erzählungen beispielsweise, bleiben von der Literatur? Das wollen Sie wirklich wissen? Abgesehen davon, daß Fragen dieser Art müßig sind, fehlt ihnen doch das zeitliche Bezugssystem – ein astronomisches, kulturgeschichtliches, geologisches? –, sind sie leicht zu beantworten: Nichts, natürlich wird nichts bleiben, selbst in einem so engen und kurzlebigen Bezugssystem wie dem kulturgeschichtlichen, beispielsweise.

Was immer erzählt wurde, war niemals für alle Zeit festzuhalten, sondern wurde weitererzählt, weiter überliefert, verwandelt – und irgendwann doch vergessen. Jede Geschichte hat ihre Zeit. Mir würde es schon reichen, wenn das, was ich auf dem Jemaa el

Fna lauthals anbieten kann, den Umstehenden, meinen Zeitgenossen, grundsätzlich verständlich wäre. Haltbarkeitsdaten sind für mich außerhalb des Lebensmittelladens ohne Belang. Fort*gelebt* hat in seinen Erzählungen schließlich noch keiner. Erinnern Sie sich an die menschenfreundliche Antwort, die Woody Allen, der Clown aus Manhattan im Staate New York, der Schauspieler und Regisseur so vieler Filme, auf die Frage gegeben hat, ob es ihn denn nicht trösten würde, zumindest in seinem *Werk* wenigstens noch ein bißchen über seinen Tod hinaus gegenwärtig zu bleiben, *weiterzuleben*? Er hat gesagt, ach, wissen Sie, ich würde lieber in meinem Apartment weiterleben.

Gerade als süchtiger Leser und atemloser Zuhörer kann ich Ihnen nur sagen: Auch im Erzählen, selbst in den ältesten Erinnerungen, geht es um die Lebenden, nicht um die Toten. Wunderbar, natürlich wunderbar, wenn ein paar Sätze Jahrhunderte oder Jahrtausende überbrücken können wie etwa die Zeilen, mit denen der in der Verbannung am Schwarzen Meer verschollene Dichter Ovid seinen Abschied aus Rom, den Abschied von seiner Frau beschreibt: die letzte Umarmung, die ungeheuerliche Überwindung, sich aus diesen Armen zu lösen, auf die Schwelle, die Tür zuzugehen, um sich dann doch noch einmal umzuwenden – zurück in ihre Arme –, noch einmal ihre Tränen trocknen, die Wärme ihrer Wangen spüren –

und so die Qual des Abschieds noch einmal und wieder und wieder erleiden zu müssen wie Sisyphus … natürlich, wunderbar, wenn eine solche Beschreibung, selbst in Hexameter gefaßt, einen Leser noch zwei Jahrtausende später traurig machen kann. Aber Wirkung ist dennoch keine absolute Größe. Sie folgt anderen Gesetzen als denen der Gravitation und hängt immer, immer von den Lebenden ab.

Wenn die Überlieferung das Bild nur deutlich genug bewahrt, kann schließlich auch das im Sonnenuntergang glühende Segelboot, der weißbärtige Allmächtige mit strahlendem Dreifaltigkeitsauge und mit ihm jedes andere Zeichen und Wort des Kitsches irgendeinen versprengten Adressaten über Generationen hinweg rühren – wenn er sich denn rühren lassen will. Die Dauer solcher Wirkungen sagt nicht unbedingt etwas aus über die Qualität, und in keinem Fall kann sie das Leben ihres dahingegangenen Urhebers innerhalb raumzeitlicher Koordinaten verlängern. Was und wie ein Gedicht, ein Ton, ein Aquarell wirkt, bestimmen wir, die Lebenden – und auch wir nur bis zu jenem Tag, an dem man uns davonträgt, hinaus zu unserer Grube, in unser Krematorium, Mausoleum, zum Scheiterhaufen unter offenem Himmel oder uns mit einem Gewicht beschwert in der Dünung versinken läßt.

Einen Kanon? Einen Kanon des Bleibenden wollen Sie? Einen Kanon. Du lieber Himmel. Ich habe diese Missionare, die mit Vertretermiene und einer Bücherkiste vor den Türen warten, noch nie besonders gut leiden können. Ich verstehe ja, daß auch Missionare und Vertreter leben wollen, aber ich hatte bei diesen Leuten immer das Gefühl, sie würden sich gerne Zutritt verschaffen, um dann auszuprobieren, wie sich ihre Lieblingsbuchrücken auf fremden Wohnzimmerregalen ausnehmen: *Meine Bücher! Meine Bücher in allen Wohnzimmern! Mein Gutes und Schönes und Wahres in jedem Herrgottswinkel!* Ich habe wunderbare Tage in Bibliotheken verbracht, die keinen einzigen der sogenannten Klassiker enthielten und ihre Besitzer doch ein ganzes Leben lang beschäftigt, bewegt – und unterhalten haben.

Ach, Sie möchten einen Kanon wenigstens in der jeweiligen Landessprache?, eine deutsche, französische, englische, russische Bücherliste?, die Jugend lerne zunächst ihre eigenen Dichter und Denker kennen? Ist Literatur denn eine nationale Angelegenheit? Warum einen dahingegangenen Langweiler irgendeiner Nationalklassik lesen, wenn ein Erzähler der Gegenwart, aus dem Jemen oder Pernambuco oder von der grönländischen Westküste, seine Sache besser – zumindest für mich, zumindest für einen von uns Lebenden besser, viel besser macht? Es gab doch noch nie so viele Übersetzungen, noch nie so viele

Übersetzer wie in unseren Tagen, und so etwas wie *Weltliteratur*, die tatsächlich als solche wahrgenommen werden kann, wäre wohl auch in jenen vermeintlich goldenen Zeiten, in denen jeder Gebildete fünf, sechs, sieben Sprachen sprach – ohne Übersetzer eine bloße Utopie geblieben.

Nein, lassen Sie mich bloß in Ruhe mit diesem oder jenem Kanon, das ist etwas für Leute, die mit ihren Regalen die Buchrücken oder Attrappen gleich *en bloc* mitgeliefert bekommen wollen – vom Möbelhaus, von irgendwem, Hauptsache, die Wände sind voll.

Wenn also ein Vertreter anklopft und seine Bücher probeweise auspacken und in Ihrer Wohnung aufstellen will, bieten Sie ihm ruhig Kaffee und Kuchen an, bewundern Sie ihn ein wenig, seine Belesenheit, die Verzierungen auf seiner Kiste, ja doch, das tut jedem gut, aber bitten Sie ihn dann um Himmelswillen, samt Kiste auch wieder abzuziehen, und suchen Sie sich Ihre heiligen Schriften selber.

Vertrauen Sie darauf, daß Sie ruhig allein bestimmen dürfen, welche Geschichte Sie fesselt, langweilt oder begeistert, und entscheiden Sie allein, ob Sie bei zwei, drei Zeilen aus einem geradezu idiotischen Schlaflied immer noch feuchte Augen bekommen dürfen, weil Sie in einem albernen Reim die Stimme eines vermißten Menschen nachhallen hören … Und wenn das einzige Buch, das Sie jemals bis zur letzten

Seite gelesen haben, *Tausendundeine Nacht* oder *Der Schatz im Silbersee* gewesen ist, dann lesen Sie es doch wieder einmal und tauschen Sie die Lektüre nur, wenn die Geschichte nicht mehr ausreicht, um Sie auf einen anderen Stern zu versetzen. Sind Ihnen denn nicht auch Leser mit bloß ein, zwei Abenteuerbüchern auf ihrem Nachttisch lieber als ein von Kanonblitzen oder anderen Leuchten geblendeter Möbelhäusler, der sich aus seinen Zitatenschätzen und zur Couch passenden Regalen ein paar Brocken Joyce oder Musil oder Homer oder Ovid holt und dann von Ulysses, einem Mann ohne Eigenschaften oder von *Verwandlungen* schwärmt, deren Zauber er kaum vom Hörensagen kennt?

Meine Bücherkiste?

Ich habe keine. In meinen Reisetaschen steckt einmal dieses, einmal jenes. Im Gepäck eines Menschen auf seinem Weg wiegt schließlich nichts leichter und nichts schwerer als ein Buch. Die einzige Bibliothek, über die ich wirklich verfüge, ist die in diesem Augenblick intakte, wirksame Erinnerung an ein paar gelesene Absätze, Strophen, Zeilen. Ein armer Mann? Natürlich, ich bin nicht besonders gebildet und insgesamt ärmer, als Sie denken. Aber ich lese grundsätzlich nur, was ich lesen will, freiwillig! verstehen Sie?, frei von jeder Pflicht und jedem Bildungswahn, und lege, was mir nicht nahe und näher kommt, ohne schlechtes Gewissen wieder aus der Hand. Aber eine zweite Chance, auch eine dritte, bekommt jedes Buch; auch als Vorsichtsmaßnahme, die mich vielleicht vor schwerwiegenden Versäumnissen bewahrt. Haben Sie denn noch nie die Erfahrung gemacht, daß ein und dasselbe Werk, das Sie noch vor Monaten oder Jahren ohne jedes Verständnis, verärgert oder gelangweilt weggelegt haben, nun, an einem rätselhaften Tag Ihres Lebens, Sie bis zur letzten Seite bannt, ja nicht mehr schlafen läßt?

Hm. Dochdoch, Ihr Einwand überzeugt mich: Zumindest diese zweite Chance wäre immerhin ein Grund, Depots anzulegen – kleine, chaotische, wundersame und ganz andere Bibliotheken.

Dazu braucht man einen Hauptwohnsitz? Warum keine Vorratslager einrichten nach der Methode von Nagetieren – da und dort?, um nach einer lokalen Katastrophe anderswo immer noch auf einen rettenden Rest zurückgreifen zu können? Dabei kann es schon genügen, bloß die Adresse einer Bibliothek zu kennen, einen Ort, an dem man an einem Tisch Platz nehmen, bei Einbruch der Dämmerung auch Licht machen und sich an jeden beliebigen, von Sätzen, Buchstaben, Worten noch erreichbaren Ort des Universums versetzen kann. Über diese Möglichkeit verfügt doch selbst ein Leser ohne festen Wohnsitz.

Ach, *meinen* Hauptwohnsitz meinen Sie?

Immer noch West Cork, Irland. Irland ist für jemanden, der dafür und davon lebt, Geschichten zu erzählen, Geschichten nachzugehen, ein besonderer Ort. Es gibt ja nur wenige Länder, die so überschaubar sind und dabei über so verlassene, menschenleere Plätze, über soviel Wildnis verfügen und dem Rest der bewohnten Welt so nahe sind: In Irland findet man kaum jemanden, der durch die großen Auswandererströme nach den Hungerkatastrophen des neunzehnten Jahrhunderts, die vor allem im Westen, an der Atlantikküste von Cork bis Donegal, ganze Landstriche entvölkert und Ruinensiedlungen zurückgelassen haben, nicht einen Verwandten oder Freund irgendwo in Amerika, Kanada, Australien, Neuseeland hätte. Deswegen würde dort selbst ein Bewohner des abgeschiedensten Weilers, in einem Hochmoor in Kerry, Galway oder Connemara, nicht so leicht dem provinziellen, in vielen Binnenländern peinlich gepflegten Trugschluß erliegen, er lebe im Brennpunkt der Welt. Er muß doch nur die Ansichtskarte an der Küchenwand oder am Glastürchen des Geschirrschranks betrachten, die ihm zum Beispiel ein Cousin von der amerikanischen Ostküste geschickt hat, um daran erinnert zu werden, daß die Welt am Ortsende oder unten am Strand nicht endet, sondern dort erst beginnt.

Ich bin in den vergangenen Jahren durch alle Grafschaften der Republik Irland und Nordirlands gereist, bin, wie auf allen Reisen, dabei viel zu Fuß gegangen und habe Geschichten aus Burma und Neuseeland, Australien und aus den Schlachthöfen von Chicago gehört, in denen eingewanderte Iren unter schlimmeren Bedingungen arbeiten mußten als freigelassene Sklaven. Ich habe diese Geschichten in den Counties Kerry und Cork gesammelt, in den Bergen der Beara-Halbinsel etwa und natürlich in den Macgillycuddy's Reeks, dort ragen die höchsten Gipfel der Insel empor, selbst der höchste aber kaum mehr als eintausend Meter in die tiefziehenden Wolken. Aber wie der Anfang jeder Geschichte, selbst der Entwicklungsgeschichte, ist auch dort jeder Höhenmeter vom Grund aller Höhe aus anzugehen, von der Meereshöhe. Und für den Durchschnittswanderer sind doch eintausend Höhenmeter fürs erste genug, finden Sie nicht?

Wer höher hinaus oder sich erschöpfen will, kann ja auch hier immer noch über Bergketten gehen. Wer aus einer Bucht an der irischen Küste nur wenige Höhenmeter aufsteigt, ist ohnedies bald jenseits der Baumgrenze in einer Art hochalpinen Landschaft. Diese gleichzeitige Nähe von Meer und Gebirge ist für jemanden wie mich, der sich gerne zu Fuß fortbewegt und dabei immer wieder auch in die Vertikale geht, ohne auf die Wasserlinie, die Grundlinie aller Landschaft, verzichten zu wollen, eine ideale Umgebung.

Ach, *danach* haben Sie eigentlich gefragt? Das Landschaftliche wird Ihnen zu romantisch? Sie wollen etwas über die Steuererleichterungen wissen, die der Kunst in Irland eingeräumt werden? Warum sagen Sie das nicht gleich. Solche Erleichterungen gibt es hier tatsächlich. Aber das Schwärmen von den irischen Privilegien der Künstler, vor allem der Schriftsteller, ist insofern manchmal irreführend, weil dabei sofort eine Verwandtschaft mit den von Werbeaufschriften zugeklebten, rennfahrenden oder ballschlagenden Bewohnern Monacos oder überseeischer Steuerparadiese beschworen wird. Hier geht es doch nicht um Vermögensbildung – womit denn auch? –, sondern darum, ob ein Schriftsteller seine Arbeit aus eigener Kraft fortsetzen kann, ohne Bettelbriefe schreiben zu müssen, um wieder einmal ein Arbeitsstipendium oder den zweiten und dritten und vierten Förderpreis oder ein anderes Almosen zu bekommen.

Ein langsamer Schreiber wie ich, der, wenn's hochkommt, nach sechs oder sieben Jahren einen Roman veröffentlicht, zahlt im Rest Europas höhere Steuern als jeder andere Bürger, ja doch, höhere Steuern als selbst ein Börsenspekulant und Kriegsgewinnler, weil er sein für alle diese Schreibjahre erhaltenes Honorar nicht auf die tatsächlichen Arbeitsjahre aufteilen kann, sondern in einem einzigen Jahr erklären und dafür bezahlen muß und keinen Anspruch darauf erheben darf, nicht nur jahrelang ohne Einkommen gewesen zu sein, sondern nun auch wieder für Jahre ohne Einkommen bleiben zu müssen ... Von wegen Gleichheitsgrundsatz. Aber lassen wir die Rechnerei.

Es ist eben eine Frage des Selbstverständnisses eines Landes, ob ihm Kultur vor allem als ein System von konservierenden oder wiederkäuenden Institutionen, von Opernhäusern, Theatern, Museen – oder als ein Ergebnis schöpferischer Anstrengungen gilt, ob eine Gesellschaft also bereit ist, grandiose Summen für reproduzierende Fabriken und Kunstverwaltungssysteme auszugeben, oder ob sie Menschen fördert und ihre besonderen Arbeitsbedingungen berücksichtigt, das Personal nämlich, das alle diese Opern-, Schauspiel-, Kunst- und Festspielhäuser mit ihren Partituren, Manuskripten oder Bildern beliefert.

Selbstverständlich kann man keinem Land vorschreiben, wo es nach seinen Repräsentanten und Darstellern suchen soll – auf den Bühnen, in Bibliotheken, Konzertsälen oder auf Schipisten, Rennbahnen oder Tennis- und Fußballplätzen. Den Österreichern, nur ein Beispiel, scheinen Schifahrer sehr lieb und wichtig zu sein, deshalb wurden und werden den Schifahrern dort ja auch Steuervorteile eingeräumt, und das ist doch gut so. Schifahrer passen ausgezeichnet zu diesem Land.

Wie? Mozart? Musil? Hören Sie mir auf mit Mozart und Musil, den einen haben die Österreicher in eine gefüllte Schokoladenkugel verwandelt, den anderen in einen Strauß Hutfedern, nein, Sie sind auf dem Holzweg, weder Mozart noch Musil sind Zeugen oder gar Vertreter einer österreichischen Kultur. Glauben Sie mir: Schifahrer, Schifahrer sind dort die wahren Helden, schließlich werden doch ihretwegen und mit allgemeiner Zustimmung Schlepplifte und Seilbahnen bis in die Eisregionen hinauf gebaut und ganze Gebirgszüge verwüstet, damit auch korpulentere Abfahrer hochgeschafft werden und in großartigen Schwüngen zu Tal fauchen können. Warum denn auch nicht? So landschaftlich großartig diese zentraleuropäische Bergregion in einigen Ansichten nach wie vor ist und so liebenswürdig viele dort lebende Menschen – *so* bedeutsam ist diese Gegend nun auch wieder nicht, daß es irgendeine Rolle spielen würde, ob man dort Atomphysiker, Komponisten, Gewichtheber, die Jungfrau Maria oder Schifahrer anbetet, ich bitte Sie.

Aber als geborener Oberösterreicher und in Berge *und* Meeresküsten verschossener Tourist sage ich natürlich auch: Ich und andere, die nicht besonders gut und schnell schifahren, sondern nur sehr langsam schreiben können, tun besser daran, sich für ihre Arbeit Weltgegenden zu suchen, in denen sie beschwerdefreier, das heißt *länger*, an ihren Reisetagebüchern, Journalen, Erzählungen schreiben können. Denn Geld ist für einen langsamen Erzähler ausschließlich als Zeit interessant, Zeit, die ihm für die Arbeit an seinen Geschichten bleibt. Und diese Zeit dauert in Irland eben länger als anderswo. Möglicherweise glauben die Iren auch, daß der gute Ruf einer sogenannten *Kulturnation*, der durch lebende Künstler entsteht, eindrucksvoller ist als der Glanz, der von einem dreimal oder zehnmal um die Welt geblasenen Orchester oder der dreiundachtzigsten Neuinszenierung eines Nibelungenschwanks ausgeht.

Der gute Eindruck, der durch den vielfachen, in Katalogen, Programmheften, Klappentexten und Preisreden wiederholten Hinweis auf Irland entsteht, ist nebenbei vermutlich auch wesentlich billiger als die Werbe*feldzüge*, Festivals und Inserate, mit denen andere Nationen ihre Kultiviertheit zu plakatieren versuchen. Und vergessen Sie nicht: Die Iren erinnern sich gut daran, daß Schriftsteller wie Beckett und Joyce das Land verlassen haben und niemals wiedergekommen sind, und wollen die Wahrscheinlichkeit solcher Verluste in Zukunft vielleicht etwas verringern. Die Zuneigung und Achtung, die man in Irland selbst am Stammtisch – der hier übrigens grundsätzlich kein Tisch, sondern eine Theke ist – Schriftstellern gegenüber zeigt, ist tatsächlich bemerkenswert. *One for sorrow, two for joy,* heißt ein Kinderreim, der die Zahl der Elstern, der *magpies*, entschlüsseln soll, die hier allein, in Paaren oder ganzen Familien auf den Weiden und entlang der Straßen krächzen:

One for sorrow
Two for joy
Three for a girl
Four for a boy
Five for silver
Six for gold
But seven for a story
Which was never told

Selbst die Passagiersitze in den Maschinen der Aer Lingus, der nationalen Fluglinie, tragen die eingewebten Schriftzüge berühmter Dichter des Landes, und Fischkutter werden mit Namen aus Werken von Yeats und Synge getauft. Natürlich könnte ein – weder Kochtopf noch Marterpfahl fürchtender – Missionar versuchen, auch das Selbstverständnis anderer, sagen wir von Gewichthebern oder Knödelschnellessern begeisterter Gesellschaften im Zeichen der Kunst ein wenig zu veredeln. Aber wozu?

Anstatt mich in aussichtslosen Balgereien zu verzetteln, habe ich also meiner österreichischen Berg- und Waldheimat alle mir von Staats wegen erwiesenen Wohltaten wie Studium, Straßenasphaltierung und Gesundheitsvorsorge, aber auch die großzügige Erlaubnis, acht Monate meines Lebens im Zivildienst verbringen oder meinen Vater in der schlimmsten Zeit seines Lebens im Untersuchungsgefängnis besuchen zu dürfen, mit höchster Verzinsung zurückbezahlt, jawohl: zurückbezahlt! – nämlich mit einem großen Teil der Tantiemen an meinem verlagsgeschäftlich erfolgreichsten Roman und in Form einer imposanten Steuer – und bin in ein stilles Haus an der Atlantikküste im Südwesten Irlands übersiedelt, um dort langsam, sehr langsam weiterzuschreiben.

Vom Fenster, an dem mein Schreibtisch steht, sehe ich über Scotch Pines und Cordyline-Palmen hinweg den Atlantik, unbewohnte Felseninseln, die umbrandeten High und Low Islands, dahinter den Wasserhorizont – in den Wintermonaten oft gezähnt von einer ungeheuren Dünung. Wenn die Kronen der wenigen Bäume, die hier nicht zu den immergrünen gehören, leer sind, sehe ich durch schwarzes Geäst sogar die von Efeu überwucherte Kirchenruine am Strand. Dort unten liegt auch der Friedhof von Castlehaven, zu dem die Särge manchmal auf Booten über die Bay gerudert und dann über einen grauen Streifen von der Brandung glattgeschliffener Kiesel getragen werden. Nur wer an dieser Bay gelebt hat, darf hier auch begraben sein. Abgesehen von der Wehmut, die mit Erinnerungen an solche Abschiede immer auch verbunden ist, erscheint mir die Vorstellung wenig erschreckend (zumindest an den langen Sommerabenden, an denen die riesigen Blätter der *Gunnera manicata* an der verfallenen Friedhofsmauer, Blätter so groß wie Bettlaken!, das Licht der Küste aufs Meer hinaus und in eine langsam, fast unmerklich herabsinkende Dämmerung fächeln), eines Tages unter einem der windschiefen Grabsteine in dieser Wildnis und bis zum endgültigen Verschwinden aller Reste noch etwas Platz für einen Zwischenaufenthalt zu finden, und sei es nur als Schaufel voll Asche in einer Urne. Über meinem Staub die federleichte Inschrift AUF UND DAVON oder auch bloß das ortsübliche DEPARTED THIS LIFE. Die schönste *Tombstone Inscription* Irlands ist ja, hoch oben im Westen, unter den Steilhängen des Ben Bulben, schon für immer vergeben:

CAST A COLD EYE
ON LIFE
ON DEATH
HORSEMAN PASS BY

Nur nicht sentimental werden, sagen Sie? Ich hätte doch Glück, Riesenglück gehabt und sei außerdem noch am Leben!

Leugne ich das denn? Klopfen Sie mir bloß nicht auf die Schulter. Rühren Sie mich nicht an! Was heißt hier sentimental. Jeder, der sich mit dem Erzählen oder dem bloßen Lesen von Geschichten beschäftigt, stößt doch unweigerlich auf das Ende. Eine Geschichte, die von ihrem Ende nichts wissen will, verdient diesen Namen nicht, bleibt gebannt von den Dimensionen des Augenblicks und daher starr, hineingenagelt in die Sekunde. Bewegung, Dynamik entsteht doch erst dadurch, daß das Ende mitgedacht, miterzählt wird – auch ohne apokalyptisches Pathos.

Ist denn das sogenannte *Happy-End* nicht ein ebenso willkürlicher wie zugegebenermaßen verständlicher Abbruch der Erzählung, die doch von Fragen wie *und dann, was geschieht, dann, was war dann?* weiter und weiter getrieben wird? Na los, sagen Sie mir: Was ist nach den Hochzeitsglocken zu hören?, was geschieht nach der von Reiskörnern umhagelten Abfahrt in die Flitterwochen?, was am nächsten Tag?, im nächsten Jahr?, wie sehen die Glücklichen denn zehn, zwanzig Jahre später aus?, wie ihre allmählich muffig werdenden Schlafzimmer?, wie ihre Krankenzimmer, Sterbezimmer? Und welcher Regen oder welche Flut oder welcher besoffene Fahrer eines *Caterpillar* macht schließlich sogar ihre Grabhügel wieder dem Erdboden gleich? Oder woher weht der Wind, aus Osten?, aus Südwest?, der die aus einer Urne über die Reling geschüttete Asche eines anderen Glücklichen wieder auf eine Trauergesellschaft zurückbläst? Und, na los, erzählen Sie!, wie war doch gleich der Name des Erben, der auf einem selbst als Friedhof längst in Vergessenheit geratenen Grundstück am Meer schließlich ein Bootshaus errichtete, obwohl ihm sein Leben lang das Geld für ein Boot fehlte?

Täusche ich mich, oder ist es nun Ihr Gesicht, das eine Spur länger geworden ist? Nur nicht sentimental werden. Ich gebe ja zu: Ich habe Glück gehabt. Die zugegebenermaßen für den einen oder anderen sterbenslangweiligen drei Romane, die ich bisher geschrieben habe, wurden wieder und wieder übersetzt, sozusagen wie in einer Version des babylonischen Wunders weitererzählt, bis aus einem, zwei, drei Büchern eine ganze Bibliothek entstand, die mir vor allem ermöglicht hat: den Luxus der Langsamkeit, ermöglicht hat, auf und davon zu gehen und mich zu verabschieden, um, was unterwegs oder aus dem Fenster irgendeines Zimmers in Irland und anderswo zu sehen war, bloß zu betrachten.

Nachdem ich auf diese Weise einfach verschwinden und ein Leben als Halbnomade aufnehmen durfte, begannen – schon durch die wachsende Entfernung – logischerweise auch literarische Festungen und Quartiere zu schrumpfen, in denen ich eben noch zu Gast gewesen war, gelobter, gerügter, gefeierter, gelegentlich, wie Sie ja herausgefunden haben, auch beschimpfter und manchmal bloß geduldeter Gast.

Natürlich waren auch die zu Fuß oder nur auf Schiffen oder per Flugzeug zu bewältigenden Routen nicht immer einfach, aber im Grunde doch nur perspektivische, eben *Flucht*-Linien eines Lebens, das schon früher, viel früher und unter völlig anderen Umständen etwas rastlos gewesen war – diese Unstetigkeit aber bloß Ausdruck jener Bewegung, mit der ich ebenso wie der Nächstbeste aus meiner Umgebung den Überlebensmitteln, dem Geld nachrennen mußte.

Wie die meisten meiner Freunde und Zeitgenossen hatte ja auch ich die ersten Erfahrungen mit dieser Jagd jenseits aller Schreibtische gemacht – mit Feldarbeit, Fließbandarbeit, Hilfsarbeit in Baugruben und Werkstätten, den erreichbaren Möglichkeiten für einen Dörfler eben, der in vorlesungsfreien Sommer- und Winterwochen genug verdienen wollte, um sich für den Rest des Jahres freizukaufen, Monate an der Universität zu verbringen und dort oder in einer relativ finsteren, schlecht beheizten Unterkunft ohne Dusche und Warmwasser – zu schreiben.

Ich war damals übrigens ziemlich neidisch auf den selbstzufriedenen Stolz, mit dem die offensichtlich bereits in ein etwas bequemeres Leben Entkommenen, glückliche Flüchtlinge, die Larven ihrer abgestreiften Jobs in biographischen Abrissen auf Katalogen oder Buchumschlägen auflisteten: Holzfäller, Pflastermaler, Seeleute, Seeleute! natürlich, seien sie gewesen, Grubenarbeiter, Barkeeper, Stahlkocher, Leichenwäscher undsoweiter, bis ihnen die Verwandlung, die Flucht in Kunst und Literatur oder gar in die Filmkulissen gelungen sei – rauhe *Vor*geschichten waren das, so, als müßte wenigstens im Rückblick darauf hingewiesen werden, daß auch die Existenz eines Künstlers tatsächlich irgendwann eine handfeste

Verbindung zum wirklichen Leben hatte, zum Leben der meisten, zu meinem Leben.

Wenn ich dagegen an einem Sommerabend wieder einmal auf dem Soziussitz eines – immerhin mit einem Motorrad gesegneten – Freundes saß, unterwegs zur Nachtschicht in die zehn Kilometer flußaufwärts meines Heimatdorfes gelegene Papierfabrik und über mir den von schwarzen Waldrändern gefaßten Sternenhimmel wie ein Fließband in jenen Gastgarten zurückgleiten sah, aus dem wir gerade seufzend, manchmal fluchend aufgebrochen waren, erschien mir nichts utopischer, nichts wünschenswerter und gleichzeitig unerreichbarer, als irgendwann *vom Schreiben* zu leben, von der krausen Prosa und jenen hilflosen Gedichten zu leben, die ich auf meine monatlichen Zuteilungen von sogenannten Schmierzettelpacken aus der Papierfabrik schrieb.

Als ich dann aber der Gelegenheitsarbeit in immer weiteren Spiralen nachzog, europäische Stadtpläne als Reiseleiter auswendig lernte, als Aushilfsfahrer Limousinen nach Syrien überstellte und schließlich als allzu freier, weil unbezahlter Berichterstatter über diese und andere Wege ins Freie zu schreiben und endlich Geschichten zu behaupten, zu erfinden begann, hatte ich manchmal das Gefühl, aus dem Regen in die Traufe geschwemmt worden zu sein: Nächte am Schreibtisch, Tage am Schreibtisch, am Ende erst recht kein Honorar und die Zeitschrift im Konkurs … In den Jahren der Arbeit an einem ersten Roman, der bezeichnenderweise den Titel *Die Schrecken des Eises und der Finsternis* tragen sollte, habe ich gelegentlich sogar mit den Personalstellen jener Elektrizitätsgesellschaft telefoniert, für die ich in vergangenen Sommern mit Spitzhacke und Schaufel Fundamentlöcher für Hochspannungsmasten gegraben hatte, panische Telefonate, um mir einen Ausweg und Rückweg von der brotlosen Schreib- zur Handarbeit offenzuhalten. Zeugen? Ja, dafür gibt es Zeugen.

Als einer, der verschiedene Formen des Reisens – den Land-, Luft-, Wasser- oder Fußweg, den Aufenthalt und bloßen Zwischenaufenthalt – zu seinen Lebensformen gemacht hat, kenne ich die qualvollen Formen des Unterwegsseins – Flucht, Emigration, Entrinnen – zum Glück nur in den mildesten, harmlosen Versionen. Aber ich gebe zu: Ich laufe nicht selten davon. Aber das *Auf und davon* läßt ja nicht nur etwas zurück, sondern schafft auch neue Sichtweisen, Blickwinkel, manchmal neue Probleme, denn wohin immer einer geht oder flieht, wo er ankommt, als Durchreisender oder für immer, erwartet ihn ja kein Vakuum, nicht die Leere, sondern immer schon etwas. Und dennoch ist mit dem Aufbruch oft eine große Erleichterung verbunden: Alles, was eben noch so schwer und bedeutsam erschien, so beladen, auch die eigene Arbeit, bleibt zurück, schrumpft, verliert an Gewicht und Größe. Wer in Bombay, in Lhasa oder Phnom Penh aus dem Flugzeug steigt, spürt doch, riecht doch, daß er etwas hinter sich gelassen hat, nicht die wichtigsten Dinge seines Lebens, aber doch vieles, das nur, nur! dort Bedeutung hat, wo er herkommt – aus einer märchenhaften Gegend, in der selbst Titanen verzwergen und schließlich unsichtbar werden können.

Lächerlich jeder Versuch, auf einem verschneiten Paß in Sichuan darauf zu bestehen, daß man in einem anderen Irgendwo dieser Welt unter Applaus auf einer Bühne oder einem Podest Platz nehmen und einen bedeutenden Preis oder Orden am Band entgegennehmen durfte. Was für ein ernüchterndes, andererseits aber auch euphorisches Erlebnis, auf vieles, was einen erhebt oder schützt, zu verzichten und dennoch unter aller Planung entzogenen, vielleicht sogar glücklichen Umständen selbst im Fallen zu spüren, daß man nicht nur im Vertrauten, sondern auch dort, wo noch vor dem Aufbruch bloß das Bedrohliche, Fremde, Unbekannte zu liegen schien, von Menschen empfangen, umarmt, gehalten werden kann.

Alles eine Frage des Geldes, meinen Sie?

Wie gesagt: Ich habe meine ersten Reisen, in den Nahen Osten, als Aushilfsfahrer gemacht, habe die Limousinen reicher Leute auf einem wüstenhaften, von Stacheldraht, elektrischen Zäunen und bewaffneten

Wächtern gesicherten Parkplatz abgestellt, dann in Damaskus die billigen, von meinen syrischen Auftraggebern vorgebuchten Rückflugtickets noch billiger weiterverkauft und bin per Anhalter und manchmal wie ein versprengter Wallfahrer auch zu Fuß wieder nach Mitteleuropa zurückgekehrt. Auch für die folgenden Reisen als Berichterstatter habe ich für das Vorwärtskommen bloß meine Arbeitskraft eingesetzt. So bin ich wenigstens nie der Versuchung erlegen, irgendeinen meiner Wege mit einer Traumreise zu verwechseln. Gewiß, auf Reisen träume auch ich meistens heftiger und dramatischer als in jeder behüteten Umgebung, kenne aber die Grenzen zwischen Traum und Realität besser als anderswo und studiere dabei, wenn auch widerwillig, die Techniken des Abschieds. Denn natürlich macht der Abschied von lieben Menschen oder bloßen Gastgebern oft wehmütig und ist doch das erste, was einer unterwegs lernen muß. Wer mit dem Abschied nichts anzufangen weiß, der wird nie etwas überwinden, nie einen Weg finden und nirgendwo ankommen.

Was ich mitnehme?, was ich von diesen und anderen Reisen zurückbringe und überallhin mitnehme? Eine gewisse Immunität vielleicht gegen den Glauben an Hierarchien von Kulturen und Völkern, auch eine gewisse Immunität gegen Ideologien und alle Arten von Dogmen. Die Erfahrung, daß, was ist, nicht bleiben kann und daß es eher darauf ankommt, zu begreifen, unter welchen Umständen und nach welchen ständig wechselnden Gesetzen Veränderungen vor sich gehen.

Im günstigsten Fall ist bis zur glücklichen Rückkehr an den Schreibtisch auch das Bewußtsein davon zu retten, wie sehr und wie dramatisch man sich selber verändert, wenn man Trägheit oder Verzagtheit überwindet und aus seiner Selbstsicherheit dorthin aufbricht, wo vieles anders und neu ist, wo man nicht mehr verstanden wird und nichts mehr versteht, sondern sich zunächst bloß als Fremder unter Fremden bewegt – und das nicht nur in der äußersten Ferne, den Bergen Japans oder in Sumatra, Osttibet oder Amazonien, sondern schon in den nächsten, wenn auch nicht ohne weiteres zugänglichen Hochtälern der Westalpen oder in einem Kaff der pannonischen Tiefebene – ein sprachloser Narr, der bei keiner Pointe mitlachen und nichts erzählen kann und zur Erschließung seiner Aufenthaltsorte keine anderen Hilfsmittel hat als sein Gedächtnis, seine Augen und Ohren.

Viel zu Fuß? Ja, ich gehe viel zu Fuß. Das Gehen ist die Fortbewegung, die mir am ehesten entspricht. Dabei bin ich kein Entdecker und schon gar kein Eroberer. Vermessen und kartographiert ist so gut wie alles, aber weitgehend unbekannt ist immer noch, was sich in einem selber auftut, wenn man durch eine ungeheure, übermächtige Landschaft geht. Ich kenne keine Fortbewegungsart, die dem Denken, dem Sprechen und schließlich auch Schreiben gemäßer wäre als das Gehen. Denn zum Fußweg gehört auch der langsame, allmähliche Wechsel der Perspektive, das Innehalten und Betrachten. Erst dadurch kann so etwas wie ein vielschichtiges Bild der Welt entstehen, Material für Geschichten, Erzählungen. Die Linie, der rote Faden, der durch alle Wechsel der Geschwindigkeiten und Perspektiven einer Erzählung führt, erscheint mir immer als die Route eines Fußgängers.

Um weit entfernte Orte, die ich später zum Teil auch beschrieben habe, überhaupt zu erreichen, waren natürlich oft Katapulte notwendig, Flugzeuge – die Twin Otters der nepalesischen oder neuseeländischen Airlines …, das Luftkissenboot nach Macau …–, auch ein Fußgänger ist ja alles andere als konsequent, läßt sich eben gelegentlich von einem Ort zum anderen schleudern und verläßt sich erst tief im Irgendwo wieder auf die eigenen Körperkräfte, fällt auf einem Archipel im Südpazifik, in einem Hochtal des Himalaya in seinen vertrauten Gang zurück. Nimmt seinen Rucksack. Geht los. Erzählt.

Wie? Lesen Sie das noch einmal, bitte … Ja, korrekt. Ihr Zitat ist korrekt: *Josef Mazzini reiste oft allein und viel zu Fuß. Im Gehen wurde ihm die Welt nicht kleiner, sondern immer größer, so groß, daß er schließlich in ihr verschwand.* Der erste Satz der *Schrecken des Eises und der Finsternis*. Klar, kann ich die Stelle bis zum Seitenende auswendig, immer noch. Wollen Sie mich prüfen?, ich kann Ihnen Dutzende Seiten aus meinen Büchern aus dem Gedächtnis zitieren. Kein Wunder, bei einer Arbeitsweise, die mich idiotischerweise einen Satz und Absatz wieder und wieder zu wiederholen zwingt, so lange, bis er seine letzte Form erhalten hat und endlich vergessen werden könnte – wenn er sich nicht durch die bloße Zahl der verschiedenen Versionen bis dahin schon eingegraben hätte in mein Gedächtnis.

Eine Verwandtschaft zwischen Mazzini und mir?

Das Gehen, gut ..., aber dieser Josef Mazzini ist eine Figur! in meinem Roman, und im Gehen erschöpfen sich unsere Gemeinsamkeiten auch schon wieder. Der Rest seines Lebens ist so erfunden wie seine Reise ins Verschwinden, sein Weg ins Packeis der Hocharktis. Die unter Gletschern begrabenen Inseln des Franz Joseph Landes, deren Entdeckungsgeschichte in diesem Roman unter anderem ja auch erzählt wird, habe ich erst mehr als zwanzig Jahre nach dem letzten Satz der *Schrecken*, im Sommer 2003, zum erstenmal gesehen, an Bord eines russischen Eisbrechers.

In diesem Sommer bin ich gemeinsam ...

Wie?

Richtig … gemeinsam mit meinem Freund Reinhold Messner ein Fallreep hinuntergeklettert und dann über das Packeis an die Strände dieser Inseln und von dort sozusagen ins Innere einer vor Jahrzehnten erzählten Geschichte gewandert: die Tafelberge, ein schneefreier Sattel, auf dem fossiles Holz daran erinnerte, daß dieses immer noch vom Eis beschützte Land einmal ein subtropischer Garten war, vielleicht jenes Paradies, von dem seine Entdecker geträumt hatten …, alles war wie in meiner Erzählung, so vertraut und doch unbeschreiblich anders. Ein seltsames Gefühl, aus einer Erfindung, einer Geschichte in die Wirklichkeit hinüberzuwechseln – und nicht umgekehrt. Ein Gefühl, das mich auch befiel, als ich etwa im Schaufenster eines Waffenhändlers jenes *Enfield*-Scharfschützengewehr als *Sammlerstück* entdeckte, das ich noch nie in der Hand gehabt, dessen Mechanik ich aber in meinem Roman *Morbus Kitahara* beschrieben hatte, eine Mordwaffe, mit der Lily, *die Brasilianerin*, eine Protagonistin dieser Geschichte, ihre Opfer ins Fadenkreuz bannt und auf Hunderte Meter Schußdistanz tötet …

Gelegentlich hatte ich tatsächlich das Gefühl, als ob mir aus meinen eigenen Geschichten Dinge entgegenfallen würden wie ein noch blutender Fasan, ein Granatapfel oder ein erlegter Hase aus einem flämischen Stilleben … Was für ein Erlebnis, als beispielsweise eine Übersetzung meines Romans *Die letzte*

Welt, in dem auch das Schicksal des ans Schwarze Meer verbannten, unglücklichen Dichters Ovid gestreift wird, im Rumänien des Diktators Ceauşescu verboten wurde: Die Zensurbehörde glaubte, im römischen Kaiser Augustus den allmächtigen (und schließlich doch von einem Erschießungskommando wieder auf die Erde zurückgeholten) *Großen Conducator* Ceauşescu wiederzuerkennen; in gewissem Sinn zu Recht übrigens.

Natürlich war *Die letzte Welt* kein historisches und schon gar kein postmodernes Buch – weder über einen römischen Dichter noch über eine bestimmte Gesellschaft –, es enthielt aber unter vielen Verwandlungen auch eine Version der uralten Geschichte von Kunst und Macht. Beschrieben wurde dort unter anderem das Beiläufige, das Blinde an totalitären Systemen, jener vorauseilende Untertanengehorsam etwa, der die achtlose Handbewegung eines schläfrigen Imperators als Todes- oder Verbannungsurteil deuten kann … Barbarei, Grausamkeit, Bestialität toben ja nicht bloß in Folterkammern oder auf Schlachtfeldern, sondern vor allem in den Zwischenräumen der Gewalt, an den Schreibtischen, in den Kanzleien und Büros, in denen der tatsächliche und vermeintliche herrschaftliche Wille ausgelegt, festgeschrieben, in Verordnungen und Paragraphen und alle legalen Voraussetzungen für das Massaker verwandelt wird …

So lächerlich und unbedeutend der rumänische Zensurfall auch war, ich habe damals eine fast kindische Genugtuung darüber empfunden, daß zumindest ein Zensor in jener mit Telefonen, Fernschreibern und vielen, weitaus unauffälligeren Anachronismen ausgestatteten Antike meines in der Verbannung verschollenen Ovid die Gegenwart, die eigene Zeit wiedererkannte. Denn es ging in dieser *Letzten Welt* eben *nicht!* darum, mit Anachronismen im Sinne einer ziemlich trostlosen postmodernen Willkür bloß zu spielen, sondern durch ein Netz zeitlicher Bruchlinien eine Unzeit, Allzeit zu provozieren, einen narrativen, keinen historischen Raum und erst aus ihm heraus mit allen, der Deutlichkeit und Plausibilität dienenden Mitteln zu erzählen.

Die Gegenwart? Ich habe meiner Meinung nach nie etwas anderes als die Gegenwart beschrieben, selbst wenn es, wie in der *Letzten Welt*, um einen verbannten Dichter der Antike ging oder in einem anderen Roman – *Morbus Kitahara* – um ein verwüstetes, zur Erinnerung und Sühne verurteiltes Kaff in einem Nachkriegseuropa, das es so nie gegeben hat. Aber wenn man als eine Art Halbnomade an verschiedenen Orten lebt und arbeitet, stellt sich doch die Frage: Welches ist denn nun das aktuelle politische Geschehen? aus sehr unterschiedlichen Perspektiven. Welches Geschehen? Das *hier*? Das *dort*? Das Geschehen in West Cork? Im Salzkammergut? Am laotischen Ufer des Mekong? In Pernambuco, Brasilien?

Gegenwart … Zur Zeit des vorläufig letzten Krieges in Afghanistan hat mich beispielsweise eine dramatische, der beharrlich unvergänglichen Vergangenheit gewidmete Inszenierung in Irland mehr gebannt als alle diese uniformen, mit den immergleichen, von Militärpressestellen zensierten Bildern verklebten Kriegsberichte und Weltnachrichten. Da wurden in Dublin zehn, vor mehr als achtzig Jahren hingerichtete IRA-Kämpfer noch einmal begraben. Man hat sie im Hof des *Mountjoy Jail* in Dublin exhumiert, in neue Särge gelegt, in einem riesigen Trauerzug unter der Teilnahme von Staatspräsidentin und Premier durch Dublin getragen und in Ehrengräbern wieder beigesetzt. Natürlich waren auch die irischen Zeitungen in diesen Tagen voll vom Krieg in Afghanistan, aber auf allen, auf allen! Titelseiten prangten zehn mit der irischen Trikolore bedeckte Särge.

Nein, ich widerspreche. Dieses und andere lokale Ereignisse führen vom sogenannten *Weltgeschehen* nicht weg, sondern unter Umständen zu den wichtigeren Fragen dieses Geschehens – Fragen von Erinnerung, Schuld, Gedächtnis. Ich höre noch jetzt den Applaus, der aufrauschte, als diese zehn Särge das Tor von Mountjoy unter Transparenten mit der Aufschrift *Free at last* passierten, und noch einmal Applaus, als sich der Leichenzug am *General Post Office*, dem mittlerweile legendären Kampfplatz des irischen Unabhängigkeitskrieges, vorüberbewegte – ungeheurer Applaus.

Im Januar des Jahres 2000, während der alphabetisierte Teil der Weltöffentlichkeit ausnahmsweise von meiner Heimat Österreich Notiz nahm, ihrer entsetzlichen jüngeren Vergangenheit und ihrer fragwürdigen Gegenwart, ja sogar Notiz von irgendeiner neuen Regierungskoalition in Wien, war ich in Nordindien, in der Wüste Thar. In der Gegend von Phalodi, einer Stadt in Rajasthan, wurde in den Tagen meiner Ankunft ein hinduistischer Lokalpolitiker von islamischen – islamistisch heißt das korrekterweise wohl – Fanatikern mit Äxten verstümmelt und getötet, weil er einen Schlachtviehtransport, einen nach Bombay bestimmten Zug voll Rinder, aus religiösen Gründen blockieren wollte: Das Rind habe den Menschen auf seinem Weg aus einer bestialischen, gottlosen Wildnis in die Welt des aufrechten Ganges begleitet und sei deswegen geheiligt … Armee und Polizei rüsteten gegen einen erwarteten Pogrom.

Einige Tage später, in einem Hotel in Jaisalmer, sagte mir ein Freund aus Irland am Telefon, daß die Friedensgespräche zwischen der IRA und den ebenso sturen Ulster-Unionisten ins Stocken geraten seien und daß er befürchte, die Liste von Tausenden Toten des irischen Bürgerkriegs werde nun weiter verlängert. Ach ja, und dann waren in der *Times of India* auch Nachrichten aus Österreich zu lesen.

Wenn ich von Cork über Amsterdam oder London nach Wien reise und mir im letzten Flugzeug dieser Stafette österreichische Zeitungen angeboten werden, in denen irgendwelche Kalauer eines Hauptmannes aus der österreichischen Provinz auf den Titelseiten abgehandelt werden, dann lege ich diese Zeitungen, ohne sie aufzuschlagen, wieder weg. Solche Schlagzeilen plakatieren ein groteskes Hinterwäldlertum, das mich nicht gerade brennend interessiert, solange ich noch andere Stimmen oder bloß meinen Tinnitus im Kopf habe.

Wer sich mit dem Menschenmöglichen beschäftigt, kann durchaus zur Einsicht kommen, daß noch längst nicht alles ausgestanden ist – nicht an Entsetzlichem und Schrecklichem – aber auch nicht an Befreiendem. Ich fürchte, es gibt nach wie vor keine Gesellschaft, die gegen Barbarei immun ist. Natürlich stößt man auf Reisen auch darauf.

Ein abenteuerliches Leben?

Ich? Ein Abenteurer? Romantische Vorstellungen haben Sie. Ich bin Tourist. Selbst Roald Amundsen, auf den Ihre Kategorien wohl eher zutreffen dürften, hat das »Abenteuer« als eine »unwillkommene Unterbrechung ernster Arbeit« beschrieben, als »einen unglückseligen Beweis dafür, daß niemand alle Möglichkeiten in Betracht ziehen kann …« Ich habe das Abenteuerliche am Reisen immer nur in Kauf genommen, zur Not und nur, um ein bestimmtes Ziel, das mir aus verschiedenen Gründen am Herzen lag, zu erreichen. Die Beschwörung des sogenannten *Kicks*, der sich beim Sprung in irgendeine Tiefe oder auf einem lebensgefährlichen Weg durch überhängende Wände, Eis- oder Sandwüsten einstellen soll, ist mir immer als Ausdruck eines eher langweiligen Lebens erschienen.

Nein, Sie irren sich auch hier: Mein Freund Messner, der Höhenbergsteiger, der Achttausendermann, der Nomade, Polwanderer, Schriftsteller, suchen Sie sich einen Namen aus, ihm sind diese Namen gewiß weniger wichtig als Ihnen, mein Freund denkt darüber nicht anders. Natürlich – die Entlegenheit, schwierige Erreichbarkeit, Exponiertheit verschiedener innerer und äußerer Reiseziele führt gelegentlich auch über die Achttausender-Höhenlinien oder hohe Breitengrade, jedenfalls durch viele Unwägbarkeiten, aber bloße Schwierigkeitsgrade sind weder der Grund für den Aufbruch noch das Ziel, ganz im Gegenteil, mir kann das Leben gar nicht bequem genug sein. Durch Messner habe ich übrigens nicht nur Wege ins Eis oder in die Höhe, sondern auch einige der komfortabelsten und am schönsten gelegenen Hotels kennengelernt, in denen ich jemals Rast gemacht habe. Unsere Freundschaft hat nur in Amundsens Sinn etwas mit dem Abenteuer zu tun. Sie begann mit dem Mißverständnis, daß er nach der Lektüre meines ersten Romans über die *Schrecken des Eises und der Finsternis* dachte, ich sei ein Eiswanderer, ein Polgänger vielleicht, und mich zu einer Expedition zur Südwand des Lhotse eingeladen hat.

Zunächst war also zu klären, daß ich nicht nur aus der eigenen Erfahrung und meinem Leben, sondern auch von Lebensläufen, Höhen und Abgründen berichte, von denen ich nur durch die Überlieferung und durch die Erinnerungen und Leiden anderer erfahren habe. Aus der Aufklärung dieses Mißverständnisses ergaben sich dann aber tatsächlich neue Wege, nämlich ein Anschluß an meine eigene Geschichte: Durch Messner kam mir vieles wieder näher, von dem ich mich eigentlich schon verabschiedet hatte – das Hochgebirge, menschenleere, urzeitliche Landschaften, Kulissen verschiedenster Zeitreisen. Der Horizont im Hochgebirge erscheint ja einem Touristen der Gegenwart nicht anders als einem neolithischen Jäger: Erst der Blick in die Tiefe führt wieder zurück in die augenblicklich gültige Zeit.

Ich bin mit meinem Vater oft in den Bergen gewesen, im *Höllengebirge* und dem *Toten Gebirge*, den labyrinthischen Hochplateaus der oberösterreichischen Kalkalpen. Und nach den ersten Besuchen auf

Messners Burg Juval rollte das Gebirge wieder auf mich zu, eine Woge aus Felsen, Abgründen, vor allem aber Erinnerungen – und erst dann, dahinter sozusagen, tauchten fernere Gegenden auf, in die ich allein oder ohne Messners Ermunterung wahrscheinlich nie gegangen wäre – die Hochtäler des Landes Kham in Osttibet etwa, das winterliche Dolpo im westlichen Himalaya, die Urwälder von Laos und Kambodscha, die Wüste Thar in Nordindien, die Roten Berge des nördlichen Jemen oder die Tafelberge des Franz Joseph Landes, das Packeis der Hocharktis. So habe ich begonnen, mich Bildern zu nähern, von denen ich zuvor nur gehört oder gelesen hatte, Schmetterlingsschwärmen in Tibet etwa, die von Säulen warmer Luft bis in Höhen getragen werden, in denen sie sterben, um dann bereift, als leblose, wirbelnde Flocken auf die Gletscher hinabzuschneien.

Natürlich haben mich die Wanderungen und Reisen mit Messner manchmal an die Grenzen meiner Kräfte geführt, aber die Atemnot war weder Selbstzweck noch Strafe für irgendeine verrückte sportliche Ambition, sondern hatte ausschließlich mit meiner Neugierde, meiner Gier nach Bildern, Geschichten zu tun, der Faszination, einen Talschluß, eine Hochebene oder eine Ruinenstadt zu erreichen, die eben nur auf diesem Weg zu erreichen war, aus eigener Kraft und in jener allmählich langsamer, bis zum Stillstand langsamer und schließlich rückläufig werdenden Zeit, die nur ein Fußgänger kennt.

Hubschrauber?, sagen Sie? Mit Hubschraubern, vor allem Armeehubschraubern, läßt sich natürlich nahezu jeder Ort (allerdings auch nur unterhalb der Sechstausender-Höhenlinie) erreichen. Aber ich bin weder Rekrut irgendeiner Armee noch mußte ich bislang jemals gerettet werden, aber richtig ist natürlich: Die Wanderer früherer Jahrhunderte konnten an solche – auch heute oft bloß theoretischen – Rettungsmöglichkeiten nicht einmal denken. Das macht gewiß einen Unterschied in den Voraussetzungen, aber einem Verschollenen kann es wohl nach wie vor gleichgültig bleiben, ob die Rettung um zwei Tage, zwei Jahre oder zwei Jahrhunderte – zu spät kommt. Das Magische, Faszinierende an den Routen ins Entlegene ist ja nicht ihre Gefährlichkeit, sondern unterwegs mit sich, seiner Zeit, dem was man ist, war oder noch werden kann, allein zu sein.

Das klingt Ihnen zu dramatisch? Hm … Jetzt klingt es mir auch zu dramatisch. Ich entdecke auf solchen Wegen jedenfalls nicht nur viel Neues, sondern auch und vor allem vieles *wieder*, Bilder der eigenen Geschichte, die denen in einem nepalesischen, brasilianischen, tibetischen Dorf manchmal auf frappierende Art gleichen. Dann habe ich das Gefühl, nicht nur ins Entlegene und Fremde, sondern gleichzeitig in eine seltsame Geborgenheit und in die eigene

Geschichte zurückzugehen, und bin so auf eine Art geistesgegenwärtig, bei mir selber, wie ich es abseits dieser Wege vielleicht nur noch im Schreiben sein kann.

Vor die Wahl gestellt, bin ich natürlich selbst im Hochgebirge oder in Wüsten nach wie vor lieber Spaziergänger und Wanderer als Kletterer oder Steppenläufer. Meine Bereitschaft, freiwillig Leiden auf mich zu nehmen, ist für die Höhenbergsteigerei oder Wüstendurchquerungen viel zu gering entwickelt, auch die Verlassenheit in großen Höhen oder glutheißen Einöden quält mich mehr, als daß sie mich lockt. Die Vorstellung etwa, den Nanga Parbat im Alleingang oder alle vierzehn der sogenannten *Achttausender* zu besteigen, wie Messner, hat für mich etwas Furchtbares. Die Vorstellung dagegen, von einem solchen Weg zu erzählen, zieht mich magnetisch an.

Wie ist es denn mit Ihnen? Müssen Sie alles am eigenen Leib erfahren? Wir machen doch gelegentlich, auch jetzt und hier, beide etwas Ähnliches: Wir stellen Fragen. Wer lange genug gefragt, lange genug zugehört hat, kann von Welten berichten, in denen er niemals war und niemals sein wird.

Selbstverständlich kann die eigene Erfahrung die Beschreibung bestimmter Details manchmal erleichtern. Wenn etwa erzählt werden soll, wie sich die Koje eines Polfahrers an Bord eines dreimastigen Barkschoners in eine Eishöhle aus der eigenen, kondensierten und erstarrten Atemluft verwandelt, kann es durchaus nützlich sein, irgendwann selber erlebt zu haben, wie, nach einer Zeltnacht im Winter oder im Hochgebirge, der eigene Atem als Reif von den Planen schneit. Aber die Gefahr der eigenen Erfahrung, auch des Erleidens, kann für den Erzähler gerade darin liegen, daß ihm die Strapaze, der Schmerz oder auch die Euphorie den Blick auf seine Geschichte verstellt … Solange er noch gebannt, vielleicht schockiert von eben ausgestandenen Gefahren und Leiden oder noch verzaubert vom Glück ist, läßt sich zwar ganz gut – wenn vielleicht auch ein bißchen atemlos – berichten, aber schwer *erzählen*.

Die Wüste?, menschenleere Landschaften?, gar die Apokalypse als *mein* Thema? Ach was, ich bin nicht vernarrt in Untergangsszenerien. Es ging mir nie bloß um die Vorstellung, wie die Welt ohne Menschen aussehen könnte, auch nie bloß um jenen seltsamen, menschenleeren Frieden, in dem alles vorbei und ausgestanden ist. Aber eine Welt ohne Menschen entspricht durchaus jenem Zustand, der die längste Zeit auf diesem Planeten geherrscht hat und der, in astronomischen Maßstäben gemessen, auch alles, was noch kommt, wieder bestimmen wird. Ein Blick in die ferne Vergangenheit liefert dabei ganz ähnliche Bilder wie einer in die Zukunft: keiner mehr da.

Menschenleere ist keine Alptraumwelt, sondern

der Normalzustand im Universum und selbst erdgeschichtlich eine höchst realistische, nur gelegentlich höllische Perspektive. Wenn sich ein Erzähler entschließt, dem zivilisations- und kulturgeschichtlichen Aspekt seiner Weltbeschreibung einen, sagen wir, naturgeschichtlichen Aspekt zur Seite zu stellen, erfährt er eine plötzliche Geschwindigkeitsveränderung. Die Entwicklung im *historischen* Raum erscheint plötzlich rasend, fliegend!, gemessen am Tempo etwa geologischer oder gar astronomischer Prozesse. Erzählen kann gelegentlich auch zum Versuch werden, diese Geschwindigkeiten in ihrer ungeheuerlichen Differenz aufeinander zu beziehen. Das bedeutet ja nicht, historische Maßstäbe mit dem Verweis auf eine mathematische, physikalische oder metaphysische Unendlichkeit für bedeutungslos zu erklären, ganz im Gegenteil: Das Schicksal und Leben des einzelnen erscheint nirgendwo kostbarer als im leeren Raum.

Ich habe mich oft gewundert, daß der Blick ins *Prähistorische* oder hinaus in noch größere Räume bei aufgeklärten, an Humanität und Sozialgeschichte interessierten Literaturfreunden manchmal als verträumt, harmlos weltfern getadelt wurde. Ich habe nie verstanden, wie man eine unübersehbare Mechanik, den Auf- und Untergang der Sternbilder, die blassen Flecken Millionen Lichtjahre entfernter Galaxien und andere, lichtintensivere Botschaften, die wir selbst in unseren nächtlichen Städten schon mit Ferngläsern und manchmal mit bloßen Augen erkennen können, einfach *über*sehen kann. Ich würde es nicht ertragen, stets mit dem Rücken vor einem riesigen Fenster in eine dramatische oder wunderbare Landschaft zu stehen. Der Blick in den Raum bedeutet doch nicht, sich von historischen, politischen oder noch flüchtigeren Fragen abzuwenden, sondern nur, eben auch nach einem Kontext für alle diese Fragen zu suchen. Natürlich sind die Dimensionen, mit denen sich ein Beobachter, der Nächte vor dem Teleskop verbringt – in Irland, im Toten Gebirge oder unter einem anderen, weniger lichtverschmutzten Himmel der südlichen Hemisphäre –, manchmal erschreckend, aber schließlich verschwinden diese Dimensionen nicht dadurch, daß ich ihnen den Rücken zukehre oder den Kopf in Kissen oder in den Akten geschäftlicher oder politischer Unternehmungen vergrabe.

Wenn ich mich entscheiden müßte, welches Instrument ich am wenigsten entbehren wollte, mein Teleskop oder einen TV-Empfänger, ein Radio oder irgendein anderes Nachrichtenmedium, dann würde ich ohne Zögern einem einfachen Refraktor oder einem Schmidt-Cassegrain-Teleskop den Vorzug geben. In klaren Nächten ist für mich diese Frage ohnedies immer schon entschieden, außerdem kann ich ganz gut über Wochen ohne Radio, ohne Fernseher und ohne Zeitungen auskommen – schließlich gibt es ja meistens Menschen in nächster Nähe, die wiederum Nachrichten aus ihrer nächsten Nähe erzählen: Auch so läßt sich einiges über die Gegenwart erfahren.

Luxus? Natürlich ist das Luxus. Es gibt für mich keinen größeren Luxus, als alle Zeit für mich zu haben und etwa mit einer erzählerischen Arbeit und der Vielfalt ihrer Perspektiven so lange wie irgend möglich ungestört, allein zu sein. In Städten war ich selbst für Jahre immer nur zu Gast und ich hatte nur selten das Bedürfnis oder gar Sehnsucht nach vollgestopften, in alle Höhen und Tiefen ausgebauten Lebensräumen. Mein Thema ist der einzelne. Und worin immer seine Geschichte besteht – sie wird mir in etwas freieren Räumen, ja, auch in vermeintlichen Wüsten, deutlicher als auf überfüllten Plätzen.

Ich erinnere mich an eine Wanderung, die ich mit dem Schriftsteller Einar Karasson an einem kalten, klaren Frühherbsttag durch eine isländische Geröllandschaft unternommen habe. Die vollkommene, vom Eisblink eines Inlandgletschers überglänzte Verlassenheit forderte, provozierte die Einbildungskraft in einem solchen Ausmaß, daß ich beim Anblick von Windhosen, die wir vom Ort einer Rast auf einem kahlen Sattel tief unter uns plötzlich aufsteigen sahen – ein Dutzend oder mehr tanzende, zwanzig und dreißig Meter hohe Staubwirbel, die wie ein betrunkenes, chaotisches Ballett von Riesen über eine ockergelbe Ebene torkelten –, natürlich *Leben* sah, in unruhigen Säulen schwärmende Insekten, Gespenster im Eislicht, nicht bloß Staub. Die isländische Saga von jenem Geächteten, die mir Karasson auf diesem Weg erzählte, die Geschichte eines Vogelfreien, dem zur Strafe für sein Verbrechen der Zerstörung eines Steinmals, eines Wegzeichens, ein Bein abgeschlagen worden war und der sich nach dieser Verstümmelung nur noch Rad schlagend fortbewegen konnte und seine Opfer, Reisende in der Wüste, dennoch weiterhin verfolgte, einholte und erschlug …, diese Geschichte erschien mir vor einer solchen Kulisse als ziemlich nüchterner Bericht.

Wüste, Menschenleere läßt alles Leben so zauberhaft wie nirgendwo sonst erscheinen. Auch in Gebirgen entzündet sich die Vorstellungskraft geradezu, und je länger der Aufenthalt in solchen Gegenden, desto stärker das Bedürfnis, leere Orte, weiße Flekken mit Geschichten, Bildern zu erfüllen. So gehören auch die Nächte, die ich hinter meinem Teleskop verbringe, den Geschichten: Lichtwellen, die Millionen, ja Milliarden Jahre unterwegs sind, wenn sie auf meine Okulare, meine Netzhaut treffen und mir elementare Nachrichten von Temperaturen, entwicklungsgeschichtlichen Zuständen in einer nur noch in Gedanken zu durchmessenden Weite des Raumes zugänglich machen. Und ebenso verführerisch wie manchmal beklemmend auch die Vorstellung, daß diese an Wellen gebundene Geschichten zu einer Zeit ausgesendet, ausgestrahlt, *erzählt* wurden, zu der an jenem Ort, an dem sie nun endlich empfangen, gelesen, dechiffriert werden, noch nicht einmal irgendein Urnebel, sondern vollkommene Leere war und nun, da diese Nachrichten endlich hier ankommen, an den Koordinaten ihres Ursprungs möglicherweise schon längst wieder die Leere herrscht, vielleicht da und dort noch molekulare Reste einer Supernova zu finden sind, Nebelfetzen, Reststrahlung: So kann der Abstand zwischen dem Ursprung und Ende einer Geschichte unendlich werden und der Weg ihrer Überlieferung, ihr Weg durch den Raum zu ihrem einzigen *Ort*.

Wie lange ich selber unterwegs bin, auf Reisen jedes Jahr? Schwer zu sagen, das hängt von Wetterbedingungen und Zielen ab, aber in jedem Fall sind es Monate. Aus dem halbnomadischen Leben eines Zuhörers, Betrachters, Touristen wieder in die Seßhaftigkeit zu wechseln, fällt mir mit jedem Jahr meines Lebens schwerer – wann hat man denn schon genug gesehen, genug gehört, um nun selber die Stimme zu erheben, das Wort zu *ergreifen*? Der Schreibtisch, ob er nun in Irland, in Brasilien, in einem Pfahlbau auf Java oder einem Guest House am

Mekong steht, bedeutet ja immer Seßhaftigkeit, bewegt man sich doch plötzlich nur noch in einem Raum – diesem einen Zimmer, diesem einen Erzählraum, in dem man sich von vielen Geschichten, auch von der eigenen und denen der Freunde ab- und ganz jener *einzigen* zuwenden muß, die erzählt werden soll. Die Fragen nach dieser einen, so vieles andere ausschließenden Geschichte, in der man dann unter Umständen für lange Zeit allein bleiben wird, sind manchmal quälend. Dabei war aber die eigentliche Expedition, in einem Roman wie in allen Erfahrungen, die ihm zugrundelagen, für mich bisher immer noch der Weg zurück – aus dem Fernsten und Fremdesten zurück ins Allervertrauteste, der Weg zurück zu den Menschen.

Düster, sagen Sie? Meine Erzählungen seien düster? Ich bitte Sie. Geschichten können doch – erlauben Sie mir ein einziges Mal den Ausdruck *naturgemäß* – nicht düsterer als die Wirklichkeit sein. Ich wollte Zivilisationsgeschichte nie an schwarze Leitsätze binden, nach denen ohnedies alles auf Finsternis, Abgrund, Verschwinden und Untergang zutreiben, zurasen würde. Außerdem bin ich von einigen Aspekten auch des technischen Fortschritts durchaus begeistert …, Heilmethoden, Schmerzlinderung, Mobilität, Kommunikation, Notebooks, Wahnsinn! Notebooks, auf deren Festplatten die Daten riesiger Enzyklopädien, ja ganzer Bibliotheken per Mausklick gespeichert und abgerufen werden können! Und natürlich läßt mich *Fortschritt* auch an feinste Bitterschokoladen denken, computergesteuerte Teleskope und federleichte Ausrüstung, dochdoch: faszinierend durchaus selbst einige Aspekte der Nanotechnik, die ihre Verfahren aus virtuosen Imitationen der Selbstorganisation von Materie abzuleiten imstande ist, aus dem Figurenreigen geradezu tänzerischer Molekülbildungen in den Labyrinthen kristalliner, glutheißer Spielflächen …

Wie? Auch das *Genom*, sagen Sie, soll mittlerweile entschlüsselt sein? Verzeihen Sie mir eine kleine Respektlosigkeit, aber ich habe in diesem Genomgeschnatter oft nur *Der Gnom ist entschlüsselt! Der Gnom ist entschlüsselt!* verstanden und dabei wieder einmal an ein hysterisches Zwerglein gedacht. Auf Reisen und während längerer Arbeitsphasen in West Cork rauschen feuilletonistische Debatten weitgehend an mir vorüber. Aber ja, kein Problem: Wahrscheinlich stehen der Wissenschaft auch auf ihren heißesten Tanzböden wieder einmal sogenannte *Neuanfänge* bevor und werden die Forscher – in enger Umarmung mit ihren Auftraggebern und völlig ungerührt von möglichen Einsprüchen der Theologen, Philosophen und Prediger – das Machbare auch Schritt für Schritt umsetzen. Ein Männlein mit drei Köpfen, zwei Schwänzen und angeborenem Lorbeerkranz? Niedlich, demnächst lieferbar.

Natürlich gibt es im Zusammenhang mit der Gentechnik auch einige, beispielsweise medizinische, Hoffnungen, die Alpträume besänftigen, ja sogar Trost spenden könnten. Aber lassen Sie mir doch meine Zufriedenheit, daß ich in *meiner* Zeit und nicht etwas später lebe. Ich habe keine Lust, mich in Klassen- und Kastengesellschaften einer winkenden Zukunft herumzuschlagen, in der abgebrannte Naturschöne, verzweifelte Krüppel und von Ersatzteilen oder Zuchtgesundheit strotzende Börsenzombies mit der Lebenserwartung von Meeresschildkröten um die Novellierung allerneuester Pensionsregelungen kämpfen.

Einige Ladenschwengel in den Laboratorien scheinen freilich schon jetzt das Denkbare mit dem Machbaren zu verwechseln. Aber als einfacher, streunender Erzähler habe ich es grundsätzlich und stets gleichzeitig mit dem Wirklichen *und* dem Möglichen zu tun, wohl vor allem mit dem Möglichen: spiele mit Blickwinkeln und ihren jeweiligen Komplementären und natürlich *auch* mit dem Verzicht auf alles mögliche ...

Die armen Laboranten dagegen! Sie hecheln von einer Realisierung zur nächsten: Was möglich ist, *muß!*, muß um alles in der Welt unverzüglich gemacht werden – eine ebenso eiserne wie eintönige Fortsetzungsgeschichte, finden Sie nicht? Aber ja doch: Wer sie lesen will, soll sie lesen – zehn, hundert, tausend

Seiten Strichcodes! Und an irgendeinem, stets nur vorläufigen, Ende ein Klonschaf namens Dolly. Toll.

Möglicherweise werden auch die Erzähler ihre Geschichten eines Tages in Strichcodes formulieren und in den Linien der Spektralanalyse nicht nur lesen, sondern auch schreiben, aber noch heißt *schreiben* für mich, in einem Erzählraum zu leben, der im Lauf der Zeit von realen Lebensumständen allmählich ununterscheidbar wird: Ich stehe mit den Figuren meiner Geschichte auf, verbringe den Tag, die Wochen, Monate, Jahre mit ihnen und lasse sie mit zunehmender sprachlicher Ausgestaltung schließlich beinahe so wirklich werden wie physisch reale Personen. Und wenn eine Geschichte endlich zu Ende erzählt und veröffentlicht ist, verlasse ich nicht nur einen vertrauten Raum, sondern auch alle diese vertrauten, erfundenen Gestalten. Kein Wunder, daß solche Abschiede dann oft mit Ratlosigkeit, Lebensängsten und gelegentlich auch Verlassenheitsgefühlen verbunden sind, oder?

Aber ob Strichcode, knappe, lyrische oder epische Prosa – die Grundfrage bleibt, ob einer erfundenen, bloß behaupteten Figur durch ihre Verwandlung in Sprache zu einer Art von Wirklichkeit verholfen werden kann und ob sie dann, innerhalb einer Geschichte, für einen oder mehrere Zuhörer oder Leser plausibel, glaubwürdig wird. Denn gleichgültig, wie irreal, anachronistisch oder phantastisch die Dinge sind, die ein Erzähler seinen Figuren zumutet – wenn sie innerhalb eines Erzählraumes, den er allein bestimmt, plausibel erscheinen, dann ist nicht nur jeder Lebenslauf und jedes Schicksal, sondern die Erfindung der Wirklichkeit möglich.

Seitensprünge? Sie wollen wissen, wie sehr mich andere Destinationen und Spielformen des Erzählens locken können, das Theater zum Beispiel? Ich hatte und habe keine dramatischen Ambitionen. Wenn sich die Gelegenheit bot, auf einer Bühne etwas darzustellen, habe ich auch dort entweder Geschichten erzählt oder meine Figuren von einer Unsichtbaren, einer Souffleuse, sozusagen *herbeierzählen* lassen und nicht, wie nennen Sie das? – *zur Aufführung* gebracht. Sehr zum Ärger, aber auch das wissen Sie ja, einiger in meinem Zwergenkalender archivierter Bühnenwarte, die grundsätzlich keine Erzählungen, sondern ausschließlich direkte Redner in ihrem Block dulden. Aber das ist ihr gutes und durchaus natürliches Recht, warum sollten denn Revierkämpfe nur unter Wildschweinen, Hulman-Affen oder Kugelfischen stattfinden?

Was meinen Theaterbesuch als durchreisender Autor anbelangt, wäre es wohl für immer beim Blättern in bloßen Prospekten geblieben, hätte es im Jahr 2000 nicht diesen sommerlichen Pauschalaufenthalt in Salzburg gegeben. Zu meiner Überraschung, ja sogar Bestürzung, wurde mir in jenem Jahr nämlich angeboten, bei den in dieser, darf ich sagen: Hochburg? des Tourismus stattfindenden Festspielen die Rolle eines *Dichters zu Gast* zu übernehmen. Etwas orts- und brauchtumsunkundig wie viele Touristen, nahm ich die Einladung nach nur acht Tagen Ratlosigkeit und Bedenkzeit an, machte der Intendanz dann unbescheidene Vorschläge und durfte, noch einmal wider Erwarten, an sieben! Tagen und sieben verschiedenen Orten – von einer riesigen, in die Felsen gehauenen Reitschule bis zum lusterglänzenden Landestheater, auch in einer Tausende Kubikmeter großen, ausschließlich für meine Zwecke mit schwarzem Tuch ausgeschlagenen *Blackbox* und dann sogar im prachtvollen, zum Amphitheater umgestalteten Hof der erzbischöflichen Residenz unter dem Titel *Unterwegs nach Babylon* Spielformen des Erzählens vorführen. Inszenieren!, Sie sagen es.

Aber diesmal war ich nicht, wie üblich, allein mit meinen Gestalten, sondern wurde unterstützt von einer vielköpfigen und weiter und weiter anwachsenden Schar, in der zunächst Beleuchter, Bühnen- und Tontechniker erschienen, dann acht, neun Stars des deutschsprachigen Theaters, Violin- und Klaviervirtuosen, eine in wunderbares Silberweiß gekleidete Barockopernsängerin samt einem ebenso vielsprachigen wie vielstimmigen Chor, diesseits und jenseits des Atlantik gepriesene Maler und Bildhauer, dann Ikonen der Jazzmusik, sogar ein Alphornensemble! und ein Meister der *Oud*, der arabischen Laute, und natürlich erschienen Freunde, so viele Freunde, unter ihnen einmal mehr Reinhold Messner, der an einem lodernden Feuer und vor haushoch! an die Wand der Felsenreitschule projizierten, einst kurz vor dem Untergang des Expeditionsschiffes *Endurance* geretteten Fotografien vom *Überleben* erzählte. Nein, ich übertreibe nicht. Sie können das alles in einem Programmheft nachlesen, das dicker ist als einige meiner Bücher.

Mein Salzburger Weg nach Babylon führte über sieben Etappen – von der Stille, dem bloßen Zuhören und Betrachten, das allem Erzählen vorausgehen muß, zum Beschreiben der Tatsachen und von der bloßen Beschreibung zur Erfindung der Welt, wie sie beispielsweise in einem Roman geschieht, und führte vom Roman zur Sprache der Bilder, zum Kino etwa – und von dort über profane und archaische Formen des Erzählens wieder zurück in die Wirklichkeit, die ungerührt von aller Literatur über alle Literatur hinaustreibt. Zum glücklichen Ende wurde jedenfalls nicht mehr geredet, gesungen oder erzählt, sondern bloß instrumental musiziert – in einem Jazzkonzert unter freiem Himmel, das mich für Stunden den Dauerton in meinem Kopf vergessen ließ und mir noch heute manchmal wunderbar in den Ohren klingt.

Für mich, einen überaus glücklichen Touristen damals, war die Fernreise nach Babylon *die* Vorführung, daß, was immer erzählt wird, vom Publikum in die Sprache der eigenen Kultur oder auch nur die des eigenen Herzens übersetzt wird. Vorgeführt wurde, wie aus einer einzigen Stimme ein Chor entstehen kann und aus einem einzigen Buch eine Bibliothek –, und gefunden wurden für den Zauber dieser Verwandlung viele, so viele Namen, nur einer davon war Babylon. Aber für alle sieben Abende galt, was für die meisten Anlässe des Erzählens gilt – die Unwiederholbarkeit: Was immer an diesen Abenden geschah, sollte nur einmal und nie wieder geschehen und so nur im Erzählen, im Erinnern zu bewahren sein.

Sie können sich gewiß vorstellen, daß ein *Stück*, das unter dem Titel *Die Unsichtbare* zunächst bloß als eine der Spielformen des Erzählens ins Programm aufgenommen, aus Kalkulationsgründen dann aber an *mehreren* Abenden hätte gespielt, also wiederholt werden müssen, meine Absichten gestört hätte. Also war dieses Stück für den Sommer des Jahres 2000 abzusagen und, wenn nicht ganz aufzugeben, zumindest auf den nachfolgenden Sommer zu verschieben. Was auch geschah.

Ich kann Ihnen heute nicht mehr genau sagen, aus welcher Richtung der besondere Rückenwind kam, der für mich in Salzburg stets spürbar war, aber ich glaube, er hatte damit zu tun, daß ich, zumindest für einen kurzen Arbeitsabschnitt und im Rahmen einer vielleicht größenwahnsinnigen Unternehmung, nicht mehr ganz allein mit mir selber war.

Vorbilder? Sie fragen nach Vorbildern? Keine Ahnung. Das ist nicht mein Problem. Wenn man spricht, erzählt oder schreibt – von all dem, was in der Erinnerung und Sprache der Menschen zu Geschichten geworden ist –, dann streift man zumindest inhaltlich und manchmal vielleicht auch formal unwillkürlich an alle Bemühungen, die sich je mit ähnlichen Themen beschäftigt haben. Und so steht jede neue Geschichte auf unterschiedlichsten Ebenen in Beziehungen zu so gut wie allen vorangegangen. Aber solche Beziehungen sind nicht zu konstruieren. Sie ergeben sich so selbstverständlich wie alle anderen Verwandtschaften zwischen dem, was war, und dem, was ist oder was uns noch blühen kann.

Daß an solchen Verwandtschaften nachträglich wieder gebastelt und herumradiert wird, ist nur natürlich. Und ebenso natürlich kommt es auch dabei immer wieder zu heiteren Zwischenfällen. Ich erinnere mich etwa an den stolzen Aufsatz einer germanistischen Forscherin, die schon im Titel meines Romans *Die letzte Welt* eine bestechende Parallele zu Alfred Kubins *Die andere Seite* entdeckt zu haben glaubte. In einem langen und sicherlich mühevoll erarbeiteten Artikel schrieb sie dann auch immer wieder von der *anderen* Welt und der *anderen* Seite, ohne auch nur ein einziges Mal zu bemerken, daß zwischen einer *letzten* und einer *anderen* – Welt oder Seite – ein selbst für ABC-Neulinge erkennbarer, wörtlicher Unterschied besteht.

Ach ja, wahrscheinlich haben Sie auch hier recht und sind Anekdoten dieser Art ebenso müßig wie jedes andere Veteranengeschwätz. Zu meiner Rechtfertigung kann ich nur daran erinnern, daß auch der Schriftsteller Naso, der arme, verbannte Dichter in meiner *Letzten Welt*, alles andere als ein Held war: Meinem Naso, dem beschriebenen, nicht dem historischen, werden schließlich auch Luxus- und Beifallssucht zugeschrieben. Der Dichter als ein Mann, der unter einem Sonnenschirm in der Nähe großer Stadien lange Nachmittage verbringt und verzückt dem Aufrauschen des Beifalls und Jubels lauscht, ja dieses Rauschen als Musik empfindet und hingerissen immer wieder zum Zaungast der Ovation wird und sich dabei vorstellt, daß all dieser Beifall, diese ungeheure Zustimmung, ihm gilt, ihm!

Aber bleibt die Wahrheit und Größe seiner – und irgendeiner – Dichtung nicht selbst von der Eitelkeit des Urhebers, einer kindischen, maßlosen Eitelkeit, unberührt? Sie meinen immer noch, ein guter Erzähler oder Dichter müsse doch wohl auch ein guter Mensch sein?, einer der standhält, *allem* standhält?

Naja. Wer bin ich, daß ich mir anmaßen würde, Sie in diesem Glauben zu stören?

Wie? Sie wollen das Erzählen wenigstens als Heilmittel retten? Als anschaulichen Prozeß der Gesundung der Vernunft? Erzählen als Medizin? Glauben Sie denn, daß das Schlimmste in der Menschheitsgeschichte tatsächlich schon ausgestanden sei und den Erzählern wie ihrem Publikum bloß noch die Erwartung besserer Zeiten bliebe?

Reden wir, der Einfachheit halber, doch nur von der jüngsten Vergangenheit und der allernächsten Zukunft. Ich glaube, es ist eine Illusion, zu hoffen, daß Zeit heilt. Die Zeit verschüttet, vergeht, aber sie heilt nicht, ja in manchen Fällen vergeht sie nicht einmal – wie ein Komet, der sich scheinbar entfernt und doch nur eine mehr oder weniger elliptische Bahn beschreibt und irgendwann zurückkommt ... Und plötzlich steht wieder alles in Flammen, in Flammen wie die Schultergelenke meiner im Lager gefolterten Figur Ambras aus *Morbus Kitahara*. Mit der Erinnerung kehren auch die Schmerzen zurück, ja werden stärker und stärker. Das entspricht übrigens durchaus den medizinischen Tatsachen: Wenn das Knochengerüst altert, beginnen viele Deformierungen und alte Verletzungen noch einmal rasend zu schmerzen.

Auch in unseren Zeiten, haben Sie denn noch nie davon gehört?, gibt es ein Leiden, das eben nicht aufhört, und eine Traurigkeit, die kein Ende hat:

Schicksale wie das des Lagerhäftlings und Erzählers Jean Améry oder das des Lagerhäftlings und Erzählers Primo Levi. Beide sind Jahrzehnte *nach* ihrer Befreiung an dem, was sie erlitten haben, zugrunde gegangen. Beiden erschien der Freitod schließlich als einziger Weg in die Freiheit.

Darf es denn sein?, darf es denn sein!, daß der eine sagt: Schwamm drüber, vergessen wir's, während ein anderer immer noch an seiner Tortur leidet, an seinen Narben, seinen brennenden Schultergelenken, die ihm unter der Folter aus der Gelenkspfanne gezerrt wurden. Es ist eben nicht wahr, daß, etwa im Jahre 1945, die Lagertore alle aufgesprungen sind und die Geschichte, wenigstens für die Überlebenden, *gut* ausgegangen ist, das ist nicht die ganze Wahrheit. Es gibt immer noch Menschen, die seither in einer Unzeit leben, in der alle Zeiten, Vergangenheit, Gegenwart, Zukunft, unauflösbar in eine einzige, namenlose Verzweiflungszeit zusammenschießen. Menschen, die dazu verurteilt sind, in dieser Unzeit zu leben und wieder und wieder dorthin zurückzukehren, woraus sie doch einmal befreit wurden. Befreit? Die Schmerzen in ihren Gelenken werden mit den Jahren schlimmer. Immer schlimmer.

Eine wesentliche Erfahrung, die ich auf Reisen wie im Schreiben immer wieder gemacht habe, war für mich die jähe, furchtbare Nähe des Schreckens und alles dessen, wozu *wir* unter dem Druck der Todesangst, des Hungers, der Gier oder der bloßen Dummheit imstande sind. Dabei muß doch selbst ein Tourist nicht erst Kriegsgebiete aufsuchen und nicht erst die Elendsbezirke der großen Städte wie São Paulo, Bombay, Delhi oder Mexico City gesehen haben, um zu erkennen, daß die verhältnismäßige, wohlgeordnete Ruhe unseres Lebens, global betrachtet, eine unfaßbare Ausnahme ist. Aus dem Elend, von *außen* betrachtet, muß unser Leben völlig irreal wirken, weiter entfernt von der Wirklichkeit als jeder noch so kühne erzählerische Entwurf.

Und deswegen, behaupte ich, ist es kein anachronistisches Spiel, wenn in meinen Geschichten die Zeiten ineinanderfluten, sondern der Versuch, der mühselige Versuch, der Wirklichkeit näherzukommen. Wie ich dieses augenzwinkernde Einverständnis mit dem Leser hasse, ja, *hasse*: 1938 …, 1945 – Ihr, umschmeichelte Gäste im Puppentheater, wißt ja, was das bedeutet. Und alle Theaterbesucher nicken. Tatsächlich?, wissen denn tatsächlich alle schon vor dem ersten Wort einer Geschichte, wovon die Rede ist?

Was ich, Tourist oder Erzähler, im glücklichsten Fall erreichen will, ist natürlich unerreichbar – eine Art voraussetzungsloses Erzählen. Niemand sollte noch vor dem ersten Wort einer Geschichte wissen *müssen*, was gemeint ist, wenn *Krieg* gesagt wird oder *Lager*. Erst wer der Erzählung folgt, wird die Bedeutung dieser und anderer Wörter erfahren. Verzeihen

Sie meine Aufgeregtheit, aber ich behandle meine Figuren, wenn sie denn erst einmal aufgetreten sind, eben kaum anders als leibhaftige Menschen. Und in den verschiedenen Abschnitten und Situationen meines Lebens sind mir verschiedene Menschen eben auch unterschiedlich nahe.

Beim Schreiben von *Morbus Kitahara* war ich manchmal fast verliebt in eine der Frauengestalten, in Lily. Und dann wieder gefangen und gebannt von meiner Trauer um jemanden wie Ambras, den *Hundekönig* in dieser Geschichte. Bei der Erfindung aller drei Hauptgestalten, auch in der von Bering, dem Leibwächter und *Schreier von Moor*, gehörte aber zu meinen Absichten, daß so etwas wie Identifikation mit allen Gestalten möglich werden mußte. Identifikation nicht nur mit dem, der etwas erleidet, sondern auch mit dem, der dem anderen etwas antut. Täter hier, Opfer da – und ich als Leser oder als Erzähler immer auf der Seite des Guten, des Wahren, der Aufklärung: So blödsinnig einfach ist die Welt eben nicht. Weder die wirkliche noch die erzählte.

Impulse? Natürlich waren die Steinbrüche der Konzentrationslager von Ebensee und Mauthausen so etwas wie impulsgebende Orte für meinen Roman. Ja, auch in Mauthausen gibt es eine Steintreppe. Und im Lager Mauthausen, auf einer Glastafel im Museum, herauskopiert aus vielen Briefen der Lagerpost, steht in ebenso vielen Handschriften dieser eine deutsche! Satz, der in alle persönlichen Nachrichten eingefügt werden *mußte*, die aus dieser Hölle nach Italien, Polen oder Ungarn abgeschickt wurden: *Ich bin gesund, es geht mir gut.*

Ich bin gesund, es geht mir gut. Dieser Satz gehört für mich zu den erschütterndsten Denkmälern der Barbarei: der Zwang, den einzigen noch verbliebenen Trost, die eigene Sprache, nicht verwenden zu können, um wenigstens dem Liebsten und Nächsten vom eigenen Leid, der Angst und Verlassenheit zu erzählen, sondern mit einer Formel, der furchtbarsten unter diesen Umständen vorstellbaren und noch dazu im Vokabular der Henker formulierten Lüge, sich selbst und den Rest seines Lebens verleugnen zu müssen. Ich habe also diesen Satz in meinem Roman zitiert. Da war nichts zu erfinden.

Finden Sie nicht, daß Namen wie Mauthausen oder Auschwitz allzuoft als bloße Kürzel in einem Prozeß gutgemeinter Aufklärung und wohlorganisierter Erinnerung stehen? Aber der bloße Appell ans Erinnern kann die Vorstellung des Schreckens nicht ersetzen, bringt das Bild des Schreckens ebensowenig ins Bewußtsein zurück wie die Gesichter von Menschen. Das kann, wenn überhaupt einer, nur der Erzähler.

Sie sagen, *wörtlich* würden Sie sich bloß noch an die Widmung auf dem Vorsatzblatt von *Morbus Kitahara* erinnern?

Für Fred Rotblatt
und in Erinnerung an meinen Vater
Karl Richard Ransmayr

Korrekt. Das war der Wortlaut. Ursprünglich sollte dieses Buch nur meinem Freund Fred gewidmet sein, der aus Wien über die sogenannten *Kindertransporte* nach England gerade noch entkommen konnte. Seine Mutter wurde in Auschwitz umgebracht. Ich habe lange Gespräche mit ihm geführt und ihn irgendwann um die Erlaubnis gebeten, ihm das Buch widmen zu dürfen, wenn es mir jemals gelingen sollte, einen Roman auf eine Zeit und eine Welt zu beziehen, die ich selber nie erfahren mußte. Dann starb im fünften und letzten Jahr der Arbeit an *Morbus Kitahara* mein Vater. Auch ihm verdankt der Roman viel. Und Fred Rotblatt, der sich nach dem Willen seines Vaters nach dem Krieg und in seiner neuen Heimat New York nur noch *Jordan* nannte, in den USA ein *schwarzer* Name übrigens, *Jordan*, weil sein Vater niemals wieder mit einem *deutschen* Wort und sei es das Wort Rotblatt in Verbindung gebracht werden wollte – Fred stimmte einer Teilung, sozusagen einer Halbierung der Widmung zu. Was ich über die finstersten Zeiten des vergangenen Jahrhunderts weiß, habe ich in wesentlichen Teilen von Fred und meinem Vater erfahren, ich rede hier von Angst, Trauer, den Schmerzen der Erinnerung, nicht von statistischen Fakten.

Das Bedrohliche, Finstere am menschlichen Auftritt?

Dieses Thema war mir schon seit frühesten Zeiten gegenwärtig: Ich bin an einem Ufer des Traunsees zur Schule gegangen, am anderen Ufer lag der Steinbruch von Ebensee, das ehemalige Außenlager von Mauthausen. Ich habe als Ministrant das Ritualgeschirr zur *Letzten Ölung* getragen, als ein betrunkener Raufbold meines Heimatdorfes von Gendarmen durch eine verriegelte Tür hindurch erschossen wurde. Ich war Jungwähler, als ein vielgerühmter österreichischer Regierungschef einen ehemaligen SS-Offizier als politischen Partner hofierte und Proteste mit Verleumdungen beantwortete. Ich habe als Berichterstatter über das Konzentrationslager Oranienburg geschrieben und über den Tod des Dichters Jura Soyfer in Buchenwald. Ich habe über die Zwangsarbeit an den Fundamenten der Staumauern von Kaprun geschrieben und über die Häftlingskolonnen, die durch das niederösterreichische Mostviertel gepeitscht wurden. Ich habe mit erträglichen eigenen *und* unerträglichen fremden Erinnerungen gelebt – an den Steinbruch am See, an alles, was dort geschehen ist. Natürlich wäre mir lieber gewesen, etwa den Roman *Morbus Kitahara*, die Geschichte eines Leibwächters, dessen Blick sich verfinstert, in eine hellere Umgebung zu stellen. Aber dann bin ich in New York einem Geretteten begegnet, einem Emigranten aus Wien – Fred Rotblatt alias Jordan – und habe durch ihn gelernt, daß man sich *allen* Erinnerungen, auch als Erzähler, stellen kann.

Also gut, dachte ich, ein einziges Mal und vielleicht nie wieder nehme ich das Material eines Romans aus den Kellern meines eigenen Lebens. Natürlich hat mich auch die empörende Ungerechtigkeit beschäftigt, daß immer noch und immer wieder vom Schlußstrichziehen, vom Vergessen und Vergeben geredet wurde, während mitten unter diesen Rednern und Beschwörern und Besänftigern Leute lebten und immer noch leben, die diese Wahl eben nicht haben, die eben nicht vergessen und keine Schlußstriche ziehen und auch keine Gräben zuschütten können, weil sie immer noch an den Folgen ihrer Lagerzeit, ihrer Folterungen leiden und manchmal erst jetzt, in *unseren* Tagen, zugrunde gehen an dem, was ihnen angetan wurde.

Ich erinnere mich an einen Vortrag des Historikers Dan Diner mit dem Titel *Auschwitz als Phänomen der Zukunft.* Es ist mir unmöglich, im Salzkammergut, in Ebensee, in Mauthausen durch die Kulissen meiner eigenen Geschichte zu gehen, ohne dabei nicht immer auch gleichzeitig an die drohende Vergangenheit *und* eine möglicherweise drohende Zukunft zu denken. Aber glücklicherweise gibt es diesen Unterschied, den Unterschied zwischen der von anderen erlittenen, dokumentierten Geschichte und ihrer Erzählung. Ich erlebe die Dokumente als überwältigend; diese Totenbücher, die bloßen Namen und Nummern, die Prozeßakten, die protokollierten Aussagen – das alles wurde mir in den Jahren der Arbeit an *Morbus Kitahara* manchmal zum Alptraum. Und dennoch war es kein aufklärerischer, missionarischer Impuls, der am Anfang dieses erzählerischen Unternehmens stand, sondern nur die Notwendigkeit, mir selber begreiflich zu machen, aus welcher Welt und aus welcher Zeit ich komme.

Aber als diese Geschichte zu Ende erzählt war …, nein, wenn *irgendeine* Geschichte endlich zu Ende erzählt ist, muß man von ihr lassen und eben auch ertragen, daß sie für den einen möglicherweise bewegend und für den anderen von geradezu hassenswerter Langweiligkeit sein wird. Ich will und kann meine Geschichten weder bewachen noch in Schutz nehmen, sondern nur darauf vertrauen, daß sie auch das böseste Mißverständnis überstehen. Traurig, natürlich traurig für jeden Erzähler, wenn seine Geschichte im Mißverständnis untergeht – aber offensichtlich ist die Literaturgeschichte ebensowenig wie die Weltgeschichte ein Ort der Gerechtigkeit.

Natur? Das Naturerlebnis als Besänftigung? Wovon reden Sie? Das Erlebnis einer friedlichen, idyllischen Natur ist doch eine Fiktion. Selbst ein Rosenzüchter könnte davon berichten. Natürlich läßt sich das Idyllische am besten auf eine sprachlose Natur projizieren, aber die Frage ist doch, ob man sich betäuben, trösten, besänftigen will – oder etwas erfahren von der Welt. Was mich bewegt, hat immer mit Menschen zu tun. Selbst von meinen Plänen zu möglichen Geschichten bin ich ähnlich umgeben wie von Menschen. Die einen wie die anderen sind manchmal sehr nahe, sehr real, meist aber bloße Gedanken. Und plötzlich, bedingt durch oft irrationale Faktoren, wende ich mich eines Tages einer einzigen Geschichte nicht anders zu als einem Menschen – verliebe mich! –, und das Eigenartige, Wunderbare daran ist, daß diese eine Geschichte mich dann zu begleiten beginnt, wohin immer ich gehe, und mir so zu einer Art Schlüssel wird für den Rest der Welt.

Auch in diesem Sinn hat die Vorstellung nichts Erschreckendes für mich, irgendwann für immer in die Arbeit an einer einzigen Geschichte einzutauchen, mit einem einzigen Buch den Rest meines Lebens zu verbringen. Alles, was unsereiner tun kann, ist doch, was er zu sagen hat, mit aller Kraft und allen zur Verfügung stehenden Mitteln von seinem Anfang bis zum Ende zu erzählen. Ob diese ungeheure Anstrengung verstanden und honoriert, verflucht oder beklatscht wird, hat etwas mit der Bequemlichkeit oder Unbequemlichkeit meiner Lebensumstände zu tun, aber nichts mit dem Schreiben, nichts mit dem Erzählen.

Der Mensch ist dem Menschen ein Wolf: *Das* sei mein Leitsatz, glauben Sie? Sie glauben immer noch, einen Schwarzseher unter Ihrer Lampe hocken zu sehen? Glauben Sie, was Ihnen guttut. Natürlich kann es manchmal ratsam sein, beim Nachdenken über das Menschenmögliche von einer zumindest sprichwörtlichen Wolfsnatur auszugehen – das Leben der wirklichen Wölfe widerlegt ja alle Sprichwörter eindrucksvoll. Aber der Glaube ans böse Sprichwort vermeidet immerhin die Ernüchterung jener Utopisten, die den Menschen für besonders gut, von Natur aus gut, halten und die Erziehung ganzer Völker zur höheren Vernunft für ein realisierbares Programm. Aber selbst die sprichwörtliche Wolfsnatur ist, beispielsweise in meiner *Letzten Welt*, nur ein Gerücht, ein Gerücht!, dessen Wortlaut dem verbannten Dichter Naso von einer Krämerin zugeschrieben wird – fälschlicherweise übrigens. Und: Die Bewohner meiner *eisernen* Stadt Tomi machen sich dann auch noch lustig über einen Deutschen namens Thies, der dieses Gerücht wie einen Kalenderspruch an sein Leben nagelt.

Manche Menschheitserzieher, durch Erfahrungen bitter geworden, revidieren ja nicht das eigene Überforderungsprogramm, sondern wenden sich enttäuscht vom *Menschen* ab wie von einem Unwürdigen, der sich der Missionierung widersetzt. Und mit der gleichen Leidenschaft, mit der sie sich einst den

Beladenen zuwandten, um sie zu befreien, wird nun das Gegenteil behauptet, die niedere, häßliche Natur des Menschen.

Mir jedenfalls verstellt der eine wie der andere Vormund den Blick auf die Welt. Wenn es überhaupt etwas gibt, das uns im Glauben an lichtere Möglichkeiten der Entwicklung bestärken kann, so ist es wohl der Blick auf den einzelnen Menschen. Wer sich von einem abstrakten Menschheitsbegriff ab- und dem Individuum zuwendet, findet immer auch Hoffnung.

Und doch, sagen Sie, würden alle meine Helden verschwinden? Ja, natürlich. Das ist doch die einzige Gewißheit *unseres*, des wirklichen Lebens, auf die wir bauen können. Aber die Auflösung im Umfassenden, das Verschwinden des einzelnen, ist kein erzählerisches Prinzip, um das Individuum in die Verlorenheit und ins Nichts zu jagen. Es geht dabei immer auch darum, dem einzelnen seine Bedeutung zurückzugeben, ja, sein Verschwinden wird sogar verzögert, indem ich davon erzähle. Irgendwann, soviel steht fest, wird niemand mehr da sein, der auf die Welt ein rationales Muster projizieren könnte. Irgendwann wird diese Welt wieder das sein, was sie die längste Zeit war: eine Welt ohne uns. Eine lohnenswerte Frage könnte doch immerhin sein, wie man mit diesem Bewußtsein leben und gleichzeitig so etwas wie Freude, auch Begeisterung empfinden kann.

Eben. Das glaube ich auch: Die menschliche Existenz ist offensichtlich nicht die einzige und größte Aufgabe des Universums. Die jeweilige Stellung, die ihr darin von philosophischen, politischen, religiösen Hierarchien zugewiesen wird, ist pure Ideologie und jedenfalls immer nur eine von unzähligen Möglichkeiten des Denkens. Was uns nach einer kulturellen, religiösen oder politischen Lehre zu formieren und zu deformieren scheint, ist nie ohne Alternative. Man kann die Perspektive auch wechseln. Für das Verständnis unserer Lebensspur kann es eben durchaus Sinn haben, etwa eine Beziehung zwischen Geschichte und Naturgeschichte herzustellen. Der Zeitraum, in dem wir Kriege führen und Friedensverträge schließen, Kulturen aufbauen und wieder zerstören, ist schließlich nicht das einzige Maß, an dem eine Entwicklung zu verfolgen wäre. Es kann ganz nützlich sein, den Blick zwischendurch zu heben in einen größeren Raum, den astronomischen etwa oder auch bloß geologischen, hinauszuschauen und davon einen etwas veränderten Blick auf das eigene Leben abzuleiten.

Auch dieser Perspektivenwechsel, meinen Sie, sei bloß eine Spielform des *Auf und davon*? Gut, dann sage ich aber, daß jede Flucht auch einer Bewegung entspricht, mit der man sich immer neuen Geschichten, Lebensräumen zuwendet und zu akzeptieren versucht, daß jede Geschichte auch ihr Ende hat.

Heimweh? Heimweh nach der Unsterblichkeit?, der Kindheit? Heimweh ist vermutlich und grundsätzlich ein Phantomschmerz, weil er sich auf Erinnerungsbilder bezieht, die so oder so ähnlich vielleicht nie existiert haben. Im oberösterreichischen Salzkammergut, jener gebirgigen, von (einst) zauberischen Seen gespiegelten Gegend, in der ich aufgewachsen bin und in deren stillere, alpine Winkel ich immer noch gerne zurückkehre, verfährt man zum Beispiel mit der Landschaft, als ob ein Preis auf ihre möglichst rasche und nachhaltige Verwüstung ausgesetzt worden wäre: rasiert im Interesse lokaler Politiker und neureicher Bauherren Schneisen in die Hochwälder, um zahlenden Schifahrern immer breitere Pisten in die Unfallkrankenhäuser zu erschließen, verwandelt ganze Berge in geradezu infernalische Abbilder jener Steinbrüche, die schon als Baugründe für Konzentrationslager berüchtigt waren, füllt wunderbare Bergseen, den *Traunsee* etwa, allmählich mit Industrieabfall auf, dessen unterseeische Kegel mittlerweile fast so hoch sind wie die mit scheußlichen Protzvillen verbauten Uferhügel – und läßt als Schlußakkord dieser Verwüstungsorgie sogenannte *Power Boote*, deren Motorgebrüll bis ins Hochgebirge dröhnt, auf den Routen der alten Salzzillen durchs Wasser pflügen, während die in Massen herbeigekarrten Zuschauer die schmalen Reste öffentlich zugänglicher Uferwiesen in knöcheltiefen Morast verwandeln. Und wie als Denkmal des Triumphes einer ebenso stupiden wie rücksichtslosen Gier wird auf dem diese Groteske überragenden Hochplateau eines bezeichnenderweise *Höllengebirge* genannten Kalkalpenzuges ein *Feriendorf* errichtet, dessen schauerliche Holzbuden noch einmal an die Barackenzeilen eines in den Kriegsjahren am Seeufer zusammengenagelten Konzentrationslagers erinnern. Am Ende jedenfalls herrscht im Tal Einigkeit und Freude darüber, daß diese Raserei immerhin dazu geführt hat, die gesamte Gegend in einen Drehort für eine unsägliche, im nationalen Hauptabendprogramm höchst erfolgreich gesendete Seifenoper zu verwandeln.

Nein, glauben Sie mir, der Ort, an dem man wirklich geborgen und ganz bei sich ist, kann auf keiner Karte gefunden werden, sondern, wenn überhaupt, nur in einer kindlichen, geradezu märchenhaften Erinnerung. Jaja, nicken Sie nur – dank dieser Erinnerung bleibe ich der oberösterreichische Dörfler, wohin immer ich gehe.

Meine Liebe zu den Bergen? Liebe würde ich das nicht nennen. Aber der Weg in die Vertikale hat etwas Besänftigendes, Tröstliches insofern, als ich dort irgendwann unweigerlich jenen Punkt erreiche, an dem es aus dem ganz einfachen Grund nicht mehr weitergeht, weil der nächste Schritt einer ins Leere wäre. Die Beruhigung, die am Ende einer solchen

Route liegt, ist uns – oder bloß mir? – ansonsten ja nur selten vergönnt. Denn wie oft wissen wir nicht, ob wir unser Äußerstes getan, erreicht haben. Wann ist eine Arbeit wirklich zu Ende gebracht? Wann haben wir uns oder den anderen wirklich überzeugt? Ist tatsächlich alles gesagt, was zu sagen war? Wo liegt die Grenze, hinter der jede neue Anstrengung bloß in die Perversion aller bisherigen Mühen führt?

Beim Weg in die Vertikale, ins Gebirge, ist die Grenze absolut. Den Gipfel, den Höhe-Punkt gibt es dort tatsächlich – und von dort nur noch den Weg zurück. Aber gerade auf dem Rückweg zeigt sich auch das Bekannte in gänzlich veränderter Perspektive. In die Tiefe und dort auf etwas zuzugehen, ist etwas völlig anderes, als in das fast violette Blau des Himmels aufzusteigen: Auf dem Weg nach oben ist die Konzentration etwas Selbstverständliches, auf dem Weg nach unten muß sie gegen die Erschöpfung und das Bedürfnis einzuschlafen, einfach zu schlafen, auszuruhen, zu ruhen, zu ruhen und sei es für immer, ständig von neuem aufgebracht werden.

Wer dem Gipfel oder einem anderen ersehnten Ziel den Rücken kehrt, entweder weil die Erschöpfung ihn dazu zwingt oder weil er dort oben erreicht hat, was er wollte, der muß feststellen, daß er tatsächlich ans Ende gelangt ist, unter Umständen ans Ende seiner Lebensmittel und ans Ende seiner Kraft – und plötzlich erscheint ihm nichts weiter entfernt, nichts unerreichbarer als der Ausgangspunkt, der Ort des Aufbruchs, das Vertrauteste, Allernächste. Soviel ich weiß, enden viele Abstiege tödlich, weil die Aufsteiger vergessen, daß der Weg zurück ins Vertraute manchmal größere Leidensfähigkeit und die Aufbietung größerer Kräfte verlangt als die Route hinauf in den Traum.

Wie? Sie glauben immer noch an die große Rolle des prophetischen, des aufständischen oder wenigstens widersprechenden Dichters? Das ehrt Sie, allerdings nur nach einem ziemlich muffig gewordenen Kodex. Wer bloß zuhören, zuschauen, ja!, hinschauen! muß – bloß auf die Bildschirme von drei- bis vierhundert Satellitensendern glotzen, um vom Zustand der Welt zumindest in Fragmenten zu erfahren, der berufe sich nicht auf das Bedürfnis nach Meldeläufern und Predigern. Ein Erzähler kann den Mangel an Vorstellungskraft beheben, aber nicht einfach Befehle plärren wie *Augen auf!* oder *Widerstand!*

Mein folgenschwerstes *Nein*? Ich war zum Glück nie in der Situation, ein Nein von einschneidender Bedeutung sagen zu müssen. Ich bin zum Beispiel nie vor der Alternative gestanden, leiblichen Schaden, Schmerzen, Hunger, Gefängnis und Schlimmeres, auf mich zu nehmen oder aber zu versagen. Ich fürchte, von Folter oder Tod bedroht, hätte ich mich kaum heldenhaft verhalten. Ich erinnere mich an meinen

Vater, diesen zurückhaltenden, oft ängstlich besorgten Mann, der sich so schnell schuldig fühlte und aller Welt seine Dankbarkeit abstatten zu müssen glaubte – dafür, daß diese in Trachten, Talaren und Uniformen marschierende Gesellschaft ihn auch als uneheliches Kind in einem streng katholischen Dorf akzeptierte, daß sie ihm als *Armenschüler* einen Weg zum Gymnasium und in eine höhere Bildung ermöglichte, einen kilometerlangen Weg übrigens, steil und im Winter tief verschneit, den Weg von einem feuchten Schleusenwärterhaus hinauf bis zur nächsten Bahnstation im Wald und von dort zu einer Endstation am Traunsee.

Ich kenne diesen Weg gut: Wir, meine Eltern und drei Geschwister, sind diesen Weg auf unseren sonntäglichen Spaziergängen oft von oben nach unten nachgegangen, was heißt gegangen: wir sind, von Bahnschwelle zu Bahnschwelle hüpfend, aus dem Dorf gesprungen, aus dem Dorf in den Wald und von dort hinab zu einer Ruine am Fluß, dem Eltern-, nein, dem Mutterhaus meines Vaters.

Aber ausgerechnet dieser, seit seiner Kindheit den Mitgliedern von Gemeinde und Pfarre und *überhaupt!* zur Dankbarkeit verpflichtete Mann, verzichtete als begabter Schüler und mit Auszeichnungen bedachter Maturant auf eine immerhin mögliche, glänzende Karriere, als er die ihm von seinen Förderern dringend empfohlene Offizierslaufbahn nicht einschlagen wollte, dann als einfacher Reservist einberufen und aus den Bergen ans Meer versetzt wurde.

Als kriegsgefangenes Besatzungsmitglied eines Minensuchbootes im Schwarzen Meer lernte mein Vater schließlich in der Nähe von Sewastopol auf der Halbinsel Krim Gogol, Gorki und Dostojewski im Original zu lesen und wurde als Übersetzer so brauchbar, daß er erst als sogenannter Spätheimkehrer, Jahre nach Kriegsende, nach Hause durfte. Ich weiß, daß er schon mit dem Gedanken gespielt hat, vielleicht für immer auf der Krim zu bleiben, und ich weiß auch, daß er seine Selbstgespräche stets auf russisch führte. Ich habe ihn dabei manchmal belauscht, versteckt hinter dem großen Wäschekorb einer Abstellkammer, und dachte damals, dieser unverständliche, rätselhafte Sprechgesang sei eine Art Geheimsprache der Erwachsenen und würde jedem Menschen im Lauf der Jahre ebenso zufallen wie Bartwuchs, weißes Haar oder Kahlköpfigkeit; ein Zeichen der Reife.

Der bemerkenswerteste Satz, an den ich mich erinnere, war seine Antwort, als ich ihn nach einer Begründung für seinen Karriereverzicht, seinen Verzicht nach so vielen schulischen Erfolgen, soviel Eifer und Fleiß, fragte. Denn dieser nachgiebige, stets um Ausgleich und gute Nachrede bemühte Mann, der schließlich trotz allem in seiner Melancholie versank, antwortete auf diese Frage: *Ich wollte nichts werden in diesem Staat, ich wollte unter diesen Leuten nichts werden.*

Nein, mein Vater, eines von zwei unehelichen Kindern einer zeitlebens unverheirateten, unter ihrer Einsamkeit leidenden dicken Frau, die ihr Fett als Köchin in der Großküche einer Lungenheilstätte abbekam, war kein Held. Aber vielleicht hätte seine Entscheidung ausgereicht, vielleicht hätte es tatsächlich gereicht und würde für alle uns noch bleibenden Zeiten reichen, wenn Menschen in autoritären, barbarischen Gesellschaften nicht bedingungslos etwas werden, um jeden Preis etwas bekleiden, etwas darstellen wollten. Denn wer in der Barbarei nicht glänzen will, arbeitet vielleicht nicht an der Rettung, aber doch an einer leichten, federleichten Verbesserung der Welt.

Christoph Ransmayr, 1954 in Wels/Oberösterreich geboren, studierte in Wien und lebt zur Zeit in West Cork, Irland. Seine Romane wurden bisher in dreißig Sprachen übersetzt.

Christoph Ransmayr

Die Schrecken des Eises und der Finsternis

Roman

Mit 11 Abbildungen

Band 5419

Im Zentrum dieses faszinierend vielschichtigen Abenteuerromans steht der authentische Bericht über das Schicksal der österreichisch-ungarischen Nordpolexpedition unter Weyprecht und Payer, die im August 1873 nördlich des 79. Breitengrads zur Entdeckung eines unter Gletschern verborgenen Archipels führte, doch dann scheiterte: die »Admiral Tegetthoff« wurde im Packeis eingeschlossen. Simultan dazu wird eine zweite, eine fiktive, Geschichte erzählt: ein junger Italiener namens Josef Mazzini, der sich in Wien mit Gelegenheitsjobs über Wasser hält und ansonsten Tagträumen nachhängt, begeistert sich für die Hinterlassenschaft dieser Expedition, denkt und phantasiert sie nach, bricht schließlich auf, sie in Wirklichkeit nachzuvollziehen: seine Spur verliert sich in den Eislandschaften Spitzbergens. Ransmayr hat die beiden, zeitlich mehr als 100 Jahre auseinanderliegenden Abenteuer kunstvoll zu einer bizarren ›Chronik des Scheiterns‹ verknüpft; sie entlarvt den Entdeckerehrgeiz als Wahn, als unsinnige Jagd nach persönlichem und nationalem Ruhm: Der Nordpol als »Fluchtpunkt der Eitelkeiten«.

Fischer Taschenbuch Verlag

fi 1246 / 4

Christoph Ransmayr

Die letzte Welt

Roman

Mit einem Ovidischen Repertoire

Band 9538

In diesem Roman ist die Verbannung des römischen Dichters Ovid durch Kaiser Augustus im Jahre 8 n. Chr. der historisch fixierte Ausgangspunkt einer phantasievollen Fiktion. Ein (durch Ovids ›Briefe aus der Verbannung‹) ebenfalls historisch belegter Freund Ovids, der Römer Cotta, macht sich im Roman auf, in Tomi am Schwarzen Meer sowohl nach dem Verbannten selbst zu suchen, als auch nach einer Abschrift der ›Metamorphosen‹, des legendären Hauptwerks von Ovid. Cotta trifft in der »eisernen grauen Stadt« Tomi jedoch nur auf Spuren Ovids, sein verfallenes Haus im Gebirge, seinen greisen Diener Pythagoras und, auf immer rätselhaftere Zeichen der ›Metamorphosen‹, in Bildern, Figuren, wunderbaren Begebenheiten. Bis sich zuletzt Cotta selbst in der geheimnisvoll unwirklichen Welt der Verwandlung zu verlieren scheint: die Auflösung dieser »letzten Welt« ist wieder zu Literatur geworden.

Fischer Taschenbuch Verlag

fi 1170 / 7

Christoph Ransmayr

Morbus Kitahara

Roman

Band 13782

Moor, ein verwüstetes Kaff im Hochgebirge. Schnee und Geröll herrschen vor, im Ort Ruinen. Es ist Nachkriegszeit, doch die Besatzungsmacht verweigert den Wiederaufbau. Gewaltsam kontrolliert sie die Bevölkerung und hält die Erinnerung an die Verbrechen der Vorzeit wach. Keine Industrie, nur agrarische Selbstversorgung und Geschichtsterror. Im Ort regiert der Leiter des Steinbruchs, der »Hundekönig« Ambras. Es scheint so, als spiele Ransmayr eine geschichtliche Alternative durch: den Morgenthau-Plan. Höchst kunstvoll und mit einer immensen Sprachkraft inszeniert er eine eisige, historisch-mythische Welt, die den Leser unerbittlich in ihren Bann zieht.

Fischer Taschenbuch Verlag

fi 1169 / 8